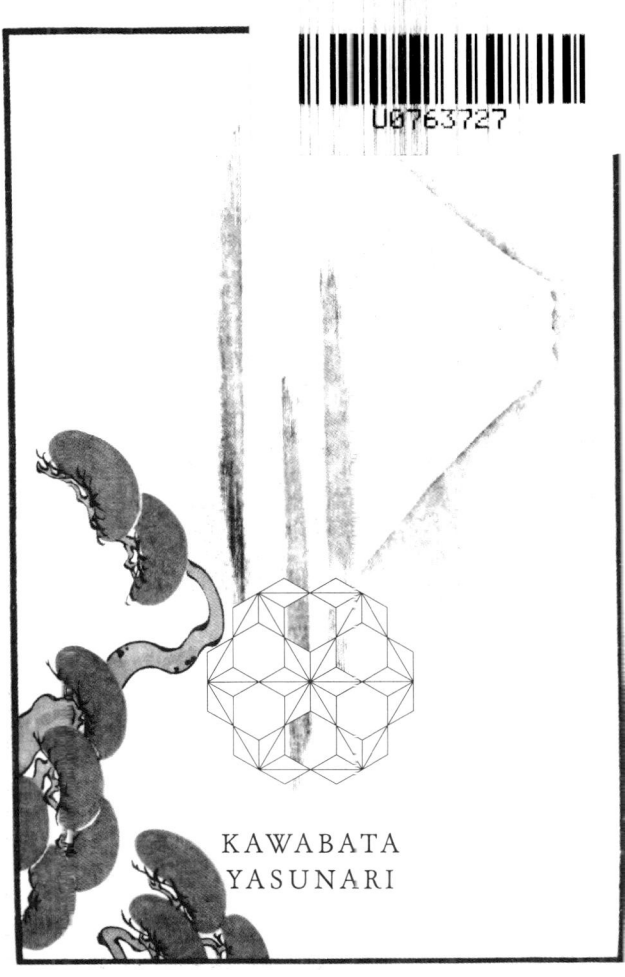

KAWABATA
YASUNARI

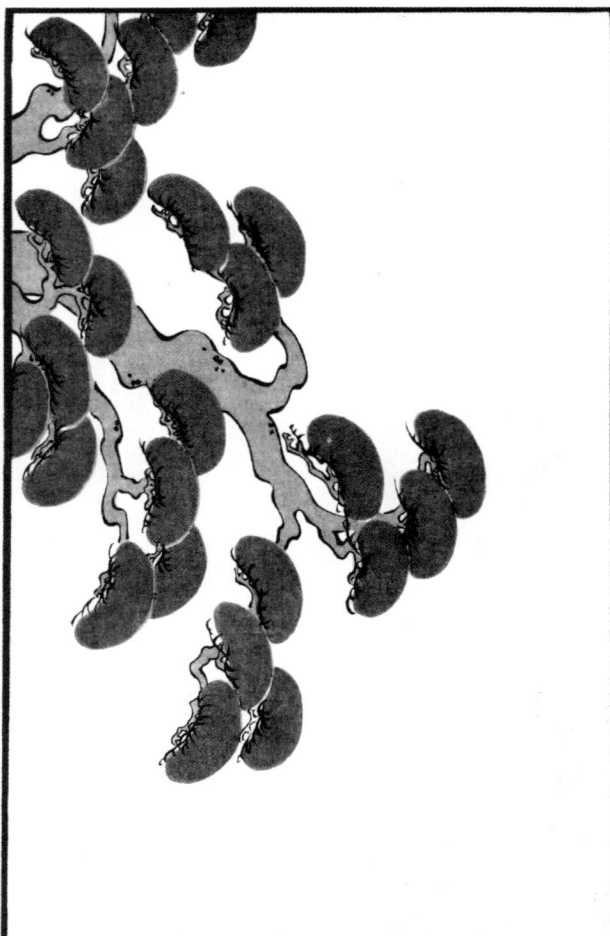

一頁^을

始于一页，抵达世界

[日]
川端康成 著

山音

陈德文 译

广西师范大学出版社
·桂林·

图书在版编目（CIP）数据

山音 /（日）川端康成著；陈德文译.--桂林：广西师范大学出版社，2023.3
ISBN 978-7-5598-5762-0

Ⅰ.①山… Ⅱ.①川… ②陈… Ⅲ.①中篇小说–日本–现代 Ⅳ.①I313.45

中国国家版本馆CIP数据核字（2023）第002385号

SHANYIN
山音

作　　者：（日）川端康成
译　　者：陈德文
责任编辑：谭宇墨凡
特约编辑：王子豪　徐　露　徐子淇
装帧设计：汐　和　at compus studio
内文制作：陆　靓

广西师范大学出版社出版发行
　广西桂林市五里店路9号　邮政编码：541004
　网址：www.bbtpress.com
出版人：黄轩庄
全国新华书店经销
发行热线：010-64284815
北京华联印刷有限公司印刷
开本：889mm×1260mm　1/64
印张：6.75　　　　字数：175千字
2023年3月第1版　2023年3月第1次印刷
ISBN 978-7-5598-5762-0
定价：47.00元

版权所有，侵权必究
如发现印装质量问题，影响阅读，请与出版发行部门联系调换。

山音

目录

山音	3
蝉翼	30
云炎	57
栗子	77
岛梦	109
冬樱	137
晨水	160
夜声	184
春钟	210
鸟家	240
都苑	265
伤后	294

雨中	320
蚊群	340
蛇蛋	359
秋鱼	383
译后记	415

山音

一

一

山音

一

尾形信吾微微皱起眉头,稍稍张着嘴,似乎在考虑什么。别人也许看不出他在动脑筋,只会觉得他很悲伤罢了。

儿子修一虽然觉察到了,但父亲平素也是如此,所以没有放在心上。修一总能更准确地猜透父亲的心思,在他眼里,与其说父亲在思考着什么,不如说在回忆着什么。

父亲摘掉帽子,用右手的指头夹住,放在膝盖上。儿子默默拿起那帽子,放在电车的行李架上。

"那个,哎呀……"

这时候,信吾很难开口。

"前些时候回去的女佣,叫什么来着?"

"是说加代吗?"

"啊,是加代,她是什么时候回去的?"

"上个星期四,五天前。"

"是五天前吗?五天前辞退回家的女佣,我怎么连她的脸型和她穿的衣服都不记得了呢?真叫人懊恼啊!"

修一认为父亲多少有些夸大其辞。

"大概是加代她辞职前两三天吧,我外出散步,想换上木屐,却发现脚上有伤口,嘴里嘀咕着'染上脚气了吧'。加代可应道:'似乎是不经意间磨破的呢。'她说得很恰当,我非常感动。因为的确是前几天散步时被木屐带子磨破的。'磨破'一词含有尊敬的意味[1],听得出她很用心,所以我很感动。不过现在想想,她只是指出脚是木

---

[1] 表示磨破的"おずれ"一词有歧义。"ずれ"表示摩擦、磨断,"お"既可以理解为敬语接头词"御"(ぉ),又可以是表示鞋带意思的"绪"(お),区别在于重音不同。加代念错了重音,故引起信吾的误会。

屐带子磨伤的,并不含有任何尊敬的意思。只是加代把发音轻重搞混了。我被重音给骗了,如今才突然醒悟过来。"

"你说一遍'磨破'的敬语给我听听。"信吾说。

"御磨破。"

"木屐带子'磨破'的呢?"

"绪磨破。"

"是啊,还是我想得对呀。加代的重音搞错了。"

父亲是乡下人,对东京话的重音没有把握,而修一是在东京长大的。

"我把'绪磨破'当作敬语了,所以觉得听起来很亲切、很悦耳。她把我送出门厅,就坐在那里了。现在想想,她说的就是木屐带子,不是什么敬语。我一下子想不起来这位女佣的名字了,脸型和衣服都记不清楚了。加代在咱家待了有半年了吧?"

"是的。"

修一习惯了,他对父亲不表任何同情。

对于信吾本人来说,即便已经习以为常,依然感到轻度的恐惧。不管他如何回想,脑海中总也浮现不出加代清晰的形象。这种头脑的虚空带来的焦躁,有时会因为突然涌来的感伤而缓解。

眼下也是如此。信吾想起加代在门厅里双手着地,微微前倾着身子说道:

"似乎是不经意间磨破的呢。"

女佣加代在这个家里待了半年,只给信吾留下在门厅里为主人送行的记忆。想到这里,信吾感到自己的人生在逐渐消逝。

二

信吾的妻子保子,比丈夫大一岁,六十三了。

老夫妻育有一男一女,大女儿房子生了两个女儿。

保子看起来很年轻,不像是比丈夫年长的妻

子。这倒不是说信吾已经老迈，只是按照一般的惯例，妻子总要小一点。不过，信吾夫妇看起来没有什么不自然，这或许同保子身材小巧结实有关。

保子不是美女，年轻时自然显得年长，所以她过去不愿意和信吾一起外出。

打从什么岁数开始，别人自然地采用"丈夫年长，妻子年少"的常识看待他们了呢？信吾怎么也记不起来了。很可能是五十过半吧？本以为女人老得快，谁知正相反。

去年，过了花甲之年的信吾吐了点血。似乎是肺有了毛病，但既没有认真检查，又没有注意养生，后来倒也没怎么碍事。

他没有因此变得衰老，反而皮肤愈发光洁了。躺了半个多月后，眼睛和嘴唇的颜色也返老还童了。

信吾既往没有结核的症状，六十岁第一次咯血，这事实在有点凄惨，为此他逃避了医生的诊断。修一认为老人冥顽不化，信吾自己却不这么看。

保子或许因为健康，睡眠很好。信吾半夜里有时似乎是被保子的鼾声惊醒的。据说保子十五六岁时就有爱打呼的毛病，父母费尽苦心去矫正了。结婚后不打呼了，过了五十岁又犯了。

信吾捏住保子的鼻子摇晃，若还没有停止便再捏住喉部左右摆动。这是在他心情好的时候，要是碰到不高兴时，他就觉得这具常年相伴的肉体已经衰老丑陋。

今夜又是心情很坏，信吾打开电灯，斜睨着保子的脸孔。他捏住她的喉部摇摆了一阵，头上稍稍渗出了汗水。

已经到了非制止妻子打鼾不可的时候，明确无误地伸手触摸妻子身体的信吾想到这里，顿然感到彻底的悲戚。

他拿起枕畔的杂志，随即因闷热而起身打开一扇挡雨窗，然后蹲在那里。

是个月明之夜。

菊子的连衣裙耷拉在挡雨窗外，闪现着可厌

的、极不雅观的淡白。信吾看到了，以为是菊子洗好忘了收，又或许是置于夜露下去除汗臭。

"喳——喳——喳——！"他听到院子里的响声，是左首樱花树干上的蝉在鸣叫。他虽然怀疑蝉怎么会发出如此可怕的声音，但确实是蝉鸣。

蝉也会害怕做噩梦吗？

蝉飞进屋内，趴在下半边的蚊帐上。

信吾捉住了那只蝉，蝉不叫了。

"哑巴蝉。"信吾嘀咕着。不是那种"喳——喳——"鸣叫的蝉。

为了防止蝉误扑亮光飞进屋里来，信吾用力把蝉投向左首樱树的上空，但手中没有投掷感。

他抓住挡雨窗向樱树那里张望，弄不清蝉是否停留在树上。月夜深沉，可以感受到夜的深沉向着一侧一直延续到远方。

还有十天才到八月，已经可以听到虫鸣了。

还可以听到夜露从一些枝叶滴落到另一些枝叶上的响声。

就在这个时候，信吾听到了山的声音。

没有风。月亮也像满月一样明朗。潮润的夜气将小山顶端的树木的轮廓描画得更模糊了,它们却在风中纹丝不动。

信吾所在的廊下的凤尾草,叶子也没有摇动。

在镰仓的所谓"谷洞",有时候,夜晚能听到汝涛声。信吾怀疑是海的声音,其实也是山音。

虽说好似遥远的风声,但具有可以称为"地鸣"的深沉底力,听起来似乎就在自己的头脑里。信吾以为是耳鸣,他摇摇头。

声音停止了。

声音停止后,信吾开始经受恐怖的侵袭。这是否预告着死期将临呢?他感到不寒而栗。

风声,海声,还是耳鸣?信吾打算冷静地想一想。他觉得不像是这些声音,然而听起来又确实是山的声音。

仿佛是妖魔的通过令山冈振鸣。

小山几乎可为信吾家的庭院所收纳,因为藏在含蕴水汽的夜色之中,山崖尽管陡峭,正面看上去却立如灰暗的岩壁。说是岩壁，其实就是把一刀切下的半个熟鸡蛋立起来的样子。

近旁和后侧也有小山，鸣响的似乎是信吾家的后山。

透过山顶树木的空隙，可以窥见几颗星星。

信吾关上挡雨窗，想起一件奇怪的事。

大约十天前，他在新建的旅馆[1]等候客人，客人没来，艺妓也只来了一个，后来又有一两个艺妓姗姗来迟。

"解掉领带吧，太闷热啦。"艺妓说道。

"嗯。"

信吾听任艺妓为他解领带。

虽不面熟，艺妓仍径自解下领带，放入壁龛旁边信吾上衣的口袋里，随后唠起家常。

据说两个多月前，这名艺妓和建造这家旅馆的木匠差点殉情而死。当她正要吞服氰化钾时，对药物的分量能否致死犯起了疑。

---

1 原文作"待合"，是"待合茶屋"的略语，尤指能狎妓游乐的旅馆。

"那人说了,没错,是致死量,这样一包一包分别包装,就说明分量是够的,不是吗?"

然而她就是不相信,只是一个劲儿越发怀疑起来。

"'到底是谁给装的呢?会不会有人故意让您和您的女人受折磨,在药物的分量上做手脚呢?'我问他是哪位医生或哪家药店开的,他也不说。太奇怪了,既然两人一块儿殉情,干吗又不肯说呢?真是弄不明白。"

"你在说落语[1]吗?"信吾很想这么说,但欲言又止。

艺妓说,她准备先去找人称一称药物的分量,再重新考虑。

"我带到这里来了。"

好奇怪的事啊,信吾想。耳朵里只留下"建造这家旅馆的木匠"这句话。

艺妓从纸袋里掏出药包,打开来给信吾看。

---

[1] 日本大众曲艺形式之一,表演者以诙谐的语句加上滑稽动作逗人发笑。

"唔?"他只是凝视着。信吾哪里知道那是不是氰化钾。

他一边关紧挡雨窗,一边想起那个艺妓。

信吾进入被窝,他听到山的声音,觉得很恐怖,又不好把六十三岁的妻子叫起来诉说一通。

三

修一和信吾在同一家公司。他还担任父亲的记事员。

保子不用说,连修一的媳妇菊子也要分担信吾的记忆。家中三个人全都承担着信吾的记忆任务。

在公司,信吾任职的办事处的女办事员也在协助信吾记忆。

修一走进信吾的办公室,就从角落边的小书架上抽出一本书,哗啦哗啦地翻看着。

"哎呀哎呀。"修一走到女办事员桌边,打开书页给她看。

"什么事?"信吾笑着问。

修一捧着打开的书本走过来。

书上写着:

> 在这里,贞节观念没有被丢掉。男子不堪承受持续爱着一个女人的痛苦,女人不堪承受持续爱着一个男人的痛苦。为了使得双方都能快乐、长久地维持爱情,可以采取各自寻找对方以外的男女的手段,亦即作为巩固彼此中心地位的方法……

"这里是指哪里?"信吾问。

"巴黎呀。这是作家的欧洲游记。"

信吾的头脑对于警句、反论已经变得迟钝了。不过,这段话既非警句,也非反论,可谓是敏锐的洞察。

修一其实并不赞赏这段话,无非是为了下班后带女办事员外出,快速互相示意一下。信吾嗅出了修一的真意。

在镰仓站下车后,信吾想,要是同修一商量好回家的时间,或者比修一晚些回家就好了。

公交车上挤满从东京回来的人,信吾步行回去。

他在一家鱼店前驻足窥探,老板对他招呼一番,他便走进鱼店。装着大虾的木桶里水色灰白、混浊。信吾用手指戳一戳大龙虾,虽然是活的,却纹丝不动。海螺大批上市,他决定买些海螺。

"要几个?"店老板问他,信吾一时答不出来。

"这个嘛,三个,要大一点的。"

"处理一下吧?好嘞。"

老板和儿子两人将刀尖插入海螺,挖出螺肉。刀刃吭哧吭哧刮着硬壳的声音,信吾听着很厌烦。

螺肉在水龙头下洗净后,被迅速切开。此时,两个姑娘站在店前。

"买点什么吗?"老板一边切一边问。

"买竹荚鱼。"

"几条？"

"一个。"

"一条吗？"

"是的。"

"一条？"

这是稍大些的竹荚鱼。对于老板露骨的态度，姑娘没有太在意。

老板用纸把鱼包好递过来。

站在后边的姑娘，用胳膊肘捅捅前边的姑娘。

"不是不买鱼的吗？"

前边的姑娘接过鱼，瞅瞅大龙虾。

"瞧那龙虾，星期六还会有吧。我的那位挺喜欢吃呢。"

后面的姑娘没说什么。

信吾倏忽瞟了姑娘一眼。

她们是近来常见的妓女。全裸着后背，趿拉着棉布凉鞋，体态健美。

鱼店老板将切细的螺肉集中在砧板中心，分

别塞进三只螺壳里。

"那号货色,镰仓也多起来啦。"他深感厌恶地说。

信吾对鱼店老板说话的口气颇感意外。

"不过,样子也还优雅,令人感动。"信吾的话似乎消除了什么。

老板三两下将螺肉填入螺壳,三块螺肉混杂在一起,再也不能回到原来的壳内了。信吾对此体察得尤为仔细。

今日是星期四,距星期六还有三天。信吾想,近来鱼店里进了大量龙虾,那位充满野性的姑娘买一只龙虾,会怎么做给外国人吃呢?不过,龙虾不管是水煮、清蒸还是红烧,做起来都很简单省事。

信吾确实对姑娘满怀好意,但过后又暗自感到心境凄凉。

一家四口人,却买了三只海螺,他似乎并不是因为知道修一不在家吃晚饭,而顾虑儿媳妇菊子。当鱼店老板问他买几个时,他只是无意之间把修一给省略了。

信吾途中路过蔬菜店，买了白果回家。

四

信吾破例买了些水产回来，保子和菊子婆媳便都没怎么感到惊奇。

或许是没看见本应一道回家的修一，为了掩饰对他的一份挂念吧。

信吾把海螺和白果交给菊子，从她背后走向厨房。

"来一杯白糖水。"

"好的，这就送来。"菊子说。信吾自己拧开水龙头。

那里盛着龙虾和明虾，信吾感到很合宜。他本来想在鱼店买些虾，但没想到两样都买。

信吾望着大虾的颜色，说道：

"这可是好虾啊！"这些虾活鲜活鲜的，色泽光亮。

菊子用厚刃刀刀背砸开白果壳。

"好不容易买来,可是这白果不能吃呀。"

"是吗?我就说好像不合季节吧。"

"我给蔬菜店打个电话,就这么说。"

"算啦,不过,有了龙虾又买了海螺,倒是有点多余。"

"做个江之岛茶馆的招牌菜。"菊子说着,吐了吐舌头,"分别做个壶烧海螺[1]、红烧龙虾和油炸明虾。我去买香菇,爸爸能去院子里摘几个茄子来吗?"

"嗯。"

"小点的,再摘点紫苏的嫩叶。对啦,只在炸明虾里放一些就行了吧。"

晚餐的饭桌上,摆着两个壶烧海螺。

信吾稍稍疑惑不解地问:

"还有一个海螺吧?"

---

[1] 带壳烤制海螺的料理;或将螺肉取出切细,淋上酱油塞回壳中烧制的料理。

"爷爷奶奶牙口不好,我以为你们二老要一起享用一个呢。"菊子说道。

"什么呀……别说没出息的话。家里又没孙子,干吗叫爷爷呢?"

保子低着头,哧哧地笑了。

"对不起。"菊子站起身,又去端来一个壶烧海螺。

"就听菊子的,两个人一起吃一个多好。"保子说。

信吾打心眼里赞叹菊子很会说话,她这么一说,谁还在乎壶烧海螺是三个还是四个呢?菊子天真的话语,充分显示了她的乖巧和机灵。

菊子或许也想过自己不吃,留一个给修一,或者自己和婆婆共吃一个。

然而,保子没有理解信吾心中的秘密,傻傻问道:

"海螺只有三个吗?四口人只买了三个。"

"修一不回家吃饭,有什么必要呢?"

保子苦笑着。或许是年龄的关系,其实从她

脸上看不出苦笑的样子。

菊子的表情不带阴郁，也不问修一到哪儿去了。

菊子是兄妹八人之中最小的一个。

上头七个兄姊都结婚了，生了好多孩子。有时信吾还会想，菊子父母竟有如此旺盛的生育精力。

信吾至今记不清菊子兄姊们的名字，菊子经常为他们打抱不平。那么多的侄儿、侄女、外甥、外甥女，他更是记不住。

菊子的母亲在生菊子前，本已决定不再要孩子，也觉得自己不能再生了。她诅咒自己的身子，认为到了这把年纪再生养，太丢人了。她也曾试着堕胎，但没有成功。菊子出生时，由于难产，是用产钳拽出来的。

菊子也对信吾说过，这是母亲告诉自己的。

让信吾不能理解的是，作为母亲，为何要把这种事告诉孩子呢？菊子又为何对他这个公公诉说一番呢？

菊子用手心按住刘海,给他看额前淡淡的伤痕。

打那之后,信吾每当看到她前额的伤痕,就越发觉得菊子可爱了。

不过,菊子到底是最小的孩子,虽说谈不上什么娇生惯养,但由于得到全家人的照料,有时显得有些文弱。

菊子嫁过来时信吾就发现,菊子总会于漫不经心间优美地晃动肩膀。他明显地感受到她与众不同的媚态。

信吾看到身材修长、肌肤白皙的菊子,随即联想到保子的姐姐。

少年时代的信吾,喜欢保子的姐姐。姐姐去世后,保子到姐姐婆家当佣工,照顾姐姐的遗孤。她拼命干活,很想做姐夫的填房。虽然她这样做是因为很喜欢美男子姐夫,但更多还是出于对姐姐的憧憬。姐姐是美女,美到令人怀疑她们是否为同母所生。在保子眼里,姐姐和姐夫是一对住在理想之国的夫妇。

保子日日为姐夫和孩子做饭。姐夫装作没有看透保子的用心，一味地游手好闲起来。保子心甘情愿为他们无私奉献，打算终生做出牺牲。

信吾对此心知肚明，但他还是同保子结成了夫妻。

三十多年后的今天，信吾仍不认为他们的婚姻是错误的。婚后漫长的岁月未必会为刚开始时的情感所限。

但是，保子姐姐的面影始终存在于两个人心底。信吾和保子对于姐姐的事闭口不提，但谁也没有将她忘记。

菊子嫁给自己儿子做媳妇，在信吾的记忆中留下一道闪电般的光明，这也不算什么病态的反应。

和菊子结婚不到两年，修一就已经另有新欢，这使信吾很感惊讶。

不同于乡下出身的信吾，青年时代的修一似乎没有感情和恋爱方面的烦恼，也看不出他有什么苦闷。信吾摸不清修一究竟打何时起尝到了女人的鲜。

信吾断定修一现在的这位相好，无疑是艺妓或妓女型的女子。

公司的女职员，只是带出去跳跳舞什么的，抑或是为了骗过父亲的眼睛。

那位情妇不是这类小姑娘——不知为何，信吾是从菊子身上联想到这一点的。有了女人之后，修一和菊子的夫妻生活骤然加剧，这可从菊子的体形变化上看得出来。

吃壶烧海螺的那天晚上，信吾梦醒之后，听到了菊子前所未有的声音。

信吾认为菊子丝毫不知道修一另有相好。

"用一个壶烧海螺，能暗示公婆应有的歉意吗？"信吾一个人嘀咕着。

然而，既然菊子一无所知，那位女子也不会给她带来什么影响。

迷迷糊糊之间，已经是早晨。信吾去取报纸时，残月高悬天空。他浏览了一下报纸，又进入梦乡。

五

电车驶入东京站,修一迅速登上去占了个座位,然后让随后进来的父亲坐下,自己站着。

他把一份晚报交给信吾,从自己口袋里掏出父亲的老花眼镜。信吾也有同样的一副,但他经常忘记放在哪儿,便叫修一随身带上一副备用。

修一从晚报上方朝信吾倾斜着身子说道:

"今天,谷崎说她小学时代的同学想来做女佣,她把这事托付给我了。"

"是吗?谷崎的同学,总是不太合适吧。"

"为什么?"

"那个女佣要是从谷崎那里听到什么,说不定会把你的事告诉菊子。"

"别犯傻啦,她能说些什么呢?"

"不过,知道女佣的底细也不是坏事。"信吾说着开始读报。

修一在镰仓站一下车就说:

"谷崎对爸爸说过我的事吗?"

"什么也没说。她好像口风很紧啊。"

"哎？真讨厌，她是爸爸办公室的办事员，我要是对她做了什么，爸爸岂不是很没面子，要被人笑话的吧？"

"那当然了。不过，你不要让菊子知道。"

但修一似乎不打算隐瞒。

"谷崎还是说了吧？"

"谷崎明明知道你有女人，还跟你一道去玩吗？"

"看来她真的说了，不过大约是出于嫉妒吧。"

"真没办法。"

"总要结束的。正想分手来着。"

"你的话我听不明白。好吧，这种事慢慢谈吧。"

"等分手后，再好好跟您说。"

"总之，不要叫菊子知道。"

"嗯。不过，菊子或许已经知道了。"

"是吗？"

信吾有些不悦，沉默不语。回家后，他还是

不太高兴,草草吃完晚饭,就走进自己的房间。

菊子切好西瓜端过来。

"菊子,忘记撒盐了。"保子随后跟来,婆媳俩随意坐在走廊上。

"孩子他爸,菊子再三'西瓜西瓜'地叫,您怎么没听见啊?"保子问道。

"没听见。我知道西瓜在冰镇着。"

"菊子,爸爸说他没听见。"保子转向菊子。菊子也转向保子:

"爸爸好像为着什么事生气呢。"

信吾沉默一阵之后开口了:

"最近耳朵也许有点奇怪,夜里打开挡雨窗乘凉时,总是听见山在响。老太太倒还是呼噜呼噜地睡着。"

婆媳俩望着后面的小山。

"山会响吗?"菊子应道,"有一次我问母亲,母亲说她姐姐去世前,听到过山的响声。"

信吾猛然一惊。自己把这件事忘了,真是没救了呀。听到山的声音,怎么就没想起来这件事呢?
　　菊子说完后似乎也有所觉察,俏丽的双肩始终保持不动。

一

蝉翼

一

女儿房子带着两个孩子回娘家来了。

大的孩子四岁,小的刚过了周岁生日。照这样的间隔,怀上下一个还得过些时候。可是信吾还是问道:

"下一个还没怀上吗?"

"又来啦,爸爸好烦人。上一次不是问过了吗?"

房子立即从背上解开包被,让小的那个仰躺在那里。

"咱家菊子还没打算要孩子吗?"

她也是淡淡问一问罢了,没想到正在俯身望

着婴儿的菊子突然绷紧了脸。

"就让那孩子躺一会儿吧。"信吾说道。

"她叫国子,不是什么'那孩子'。不是外公给起的名字吗?"

似乎只有信吾注意到了菊子的脸色,不过他也没往心里去,只是疼爱地望着婴儿,那双从褪褓中松开的小腿不停地踢蹬着。

"就那么放着吧。看样子好开心啊,想必之前很闷热吧?"保子说罢,将身子挪过去,一边拍打婴儿的腹部和大腿,好像在挠她痒痒,一边说道:

"你们俩一起去洗澡间擦把汗吧。"

"有毛巾吗?"菊子站起身来。

"带来了。"房子说。

看样子要住上几天。

房子从包袱皮里取出毛巾和替换的衣服。大女儿里子紧贴着她的后背,呆呆地站立着。这孩子来姥姥家后,还没说过一句话。从她身后看,她的头发又黑又浓,十分惹眼。

信吾认出房子这张包行李的包袱皮，但他只依稀记得那曾是自家之物。

房子背着国子，牵着里子，提着包袱，从车站走回来。信吾看她很不容易。

里子这孩子脾气倔犟，有些不情愿被牵着手走路。逢到母亲越是困惑、越是软弱，她就越是磨人。

信吾想，儿媳妇日子愈是过得好，保子就愈难受。

房子去洗澡间之后，保子抚摸着国子大腿内侧的淡红皮肤。

"我觉得这孩子比里子更结实。"

"或许是父母关系失和后生下的缘故。"信吾说。

"父母不睦，对里子也会有些影响的。"

"四岁的孩子懂吗？"

"懂啊，会有影响。"

"是天生的啊，里子她……"

婴儿先用出人意料的办法趴在地上，然后蓦

地向前爬去，抓住格子门站起身来。

"啊，啊！"菊子伸展两臂走过去，握住婴儿的两手，领她到相邻的房间去。

保子蓦地站起，拾起房子行李旁边的钱包，瞅瞅里头的东西。

"喂，干什么呢？"信吾压低嗓门，但声音还是颤动着，"住手！"

"为什么？"保子很冷静。

"叫你住手，你就住手。你怎么做这种事啊？"信吾的手指在打颤。

"又不是偷。"

"比偷还坏！"

保子把钱包放回原处，就地坐了下来。

"看看女儿的东西，怎么就坏了呢？她来到娘家后，要是没钱给孩子买零食，那怎么行啊。再说，我也很想了解一些她的情况。"

信吾斜睨着保子。

房子从洗澡间回来了，保子立即对她说：

"听着，房子。刚才我看了你的钱包，被你爸骂了一通。要是你觉得这样做不应该，那我向你赔不是。"

"有什么不应该呢？"

信吾听到保子对房子那样说话，心里更加生气。他思忖着，或许正像保子所言，母女之间这本来就没什么。不过，自己一旦生起气来，就浑身发抖。看来年龄不饶人，长久的疲惫不时从内心深处涌上来。

房子窥视信吾的面色。父亲因母亲看了她的钱包而大为不满，她也许觉得这更不可理解。

"可以看嘛，请吧。"房子颇为大度地说着，随即将钱包扔到母亲的膝头。

这举动也引起信吾的不快。

保子不想伸手去拿钱包。

"相原认为，只要我没钱就不会逃走，所以钱包里什么也没有。"房子说。

菊子教国子走路，孩子突然腿脚一软，倒在地上。菊子把她抱过来了。

房子挽起绣衣前裾，给孩子喂奶。

房子生得不美,但身体健壮。胸尚未下垂,丰盈的奶水将乳房胀得鼓鼓的。

"星期天小修也不在家里?"房子问起了弟弟。

她觉得,这样也许能调和一下父母的心情。

二

信吾回到自家附近,仰望着别人家种的向日葵花盘。

一边仰望,一边走到花盘的正下方。向日葵立于门口旁,花盘向门口方向低垂。信吾站在那里,正好挡住了人家的出入。

这家的女孩回来了,站在信吾身后等待着。虽然不是不能从信吾身边穿过进门,但女孩认识信吾,便等着他离开。

信吾察觉到女孩,他说:

"好大的花盘,实在漂亮!"

那女孩稍稍羞涩地微笑起来：

"我们只让它开一盘花。"

"只一盘花呀，所以才长得这么大。花期很长吗？"

"是的。"

"开了几天呢？"

十二三岁的女孩答不上来，她一边思考，一边望着信吾的脸。接着，又和信吾一起仰望花盘。女孩被阳光晒得黧黑，一张圆圆的脸蛋很饱满，但胳膊和腿脚都很清瘦。

信吾为女孩让开路，他遥望远方，看到相隔两三户的人家门前也种着向日葵。其中有一株结了三朵花，花盘只有女孩家那轮花盘的一半大，长在茎杆的最上端。

信吾正要离去，再次回头仰望向日葵。

"爸爸！"传来菊子的声音。

菊子站在信吾背后，购物的筐篮里伸出一截豆枝。

"您回来啦。在观赏向日葵吗？"

信吾仰望向日葵，他没能同修一一道回来，恰好又在自家附近观赏向日葵时被儿媳妇撞见了，这使得他更加难为情。

"很好看吧？"信吾说，"像不像伟人的头？"

菊子似懂非懂地点点头。

"伟人的头"这个词，如今突然浮现于脑际，信吾并非一直想着这个词在看向日葵。不过，信吾说出这个词时，深深感受到向日葵硕大圆盘的重力。他觉得花盘的构造井然有序，花瓣犹如轮冠[1]的绲边，圆盘的大部分都是花蕊，密密丛丛，聚合于一处。花蕊与花蕊之间不见争奇斗艳之色，唯有整齐纯净之状，看起来充满活力。花盘比成人的脑袋还要大一圈。信吾由其秩序整然的体量蓦然联想到人类的大脑。同时，又由其高涨着自然力的体量，猛然想到高大男性的特征。在这布满花蕊的圆盘上，雄蕊和雌蕊到底在做些什么呢？总之，信吾感受到了男性的阳刚之气。

---

[1] 能剧冠饰，主要为男性神明的角色所用，多是金箔皮革的轮形冠帽，饰以唐草云纹等图案。

夏天的阳光薄弱下来，傍晚的海面风平浪静。

花蕊圆盘周围的花瓣，呈现出充满女性气质的鹅黄。

莫非是菊子来到身旁，才使他泛起这些奇怪的想象？信吾离开向日葵，举步向前走去。

"我呀，近来头脑非常糊涂。看见向日葵，也联想起脑袋来。脑袋能像花盘那么漂亮吗？刚才在电车里我也在想，能把脑袋卸掉、洗涤和修补一番吗？说要将脑袋砍下来未免太野蛮，但能不能让脑袋暂时离开胴体，像送洗衣物一般，将其送进大学医院，在那里洗一洗，把坏的地方修补一下呢？这期间，可以让胴体死死睡上三天或一星期，既不翻身，也不做梦。"

菊子低下眉头。

"爸爸太累了吧？"

"是啊，今天在公司会客，点了一支香烟，吸了一口放在烟灰缸上，再点一支放在烟灰缸上，后来仔细一瞧，已经有三支同样长的香烟并排在一起，还在冒烟呢。我自己也觉得很难为情。"

坐在电车里，幻想洗脑袋，这是事实，但信吾想得更多的是让胴体昏睡不醒。摘下脑袋的胴体，或许睡得更舒适。他确实太累了。

今日黎明，做了两次梦，两次都梦见了死人。

"暑假也不休息吗？"菊子问。

"休息，我想到上高地[1]去。因为卸下脑袋也找不到存放的地方啊。我很想看看山。"

"能去就好啦。"菊子略显轻佻地应和着。

"哦，不过眼下房子来了，看样子她也是来娘家歇歇腿脚的。那么从房子的角度看，她是希望我在家还是不在家呢？菊子你怎么看？"

"啊，您真是一位好父亲。我好羡慕姐姐！"

菊子的口气很奇怪。

信吾是想吓唬吓唬菊子，或者为她消解消解愁思，借此让她不去在意未同儿子一道回家的自己吧？这份想法，他多少还是有一些。

"哎，刚才是在讽刺我吗？"

---

1 长野县西部的风景胜地，位于中部山岳国立公园中心，与穗高连峰相邻。

信吾淡然地说。菊子猛地一惊。

"房子落到那般田地,我也不是什么好父亲啊!"

菊子手足无措,面颊通红,一直红到耳根。

"这也不怪爸爸。"

信吾从菊子的话音里,感受到一份慰藉。

三

信吾夏天也不喜欢吃冷饮。因为保子以前不让他吃,不知从何时起,他也就不想吃了。

早晨起床,外出归来,都要先喝上满满一杯滚热的粗茶,在这一点上,菊子对公公照顾得很周到。

看完向日葵回家,菊子先是连忙沏上一杯粗茶端进来。信吾先喝上半杯,然后换上浴衣,将杯子带到廊缘上去。他一边走路,一边又喝了口茶。

菊子手拿凉毛巾和香烟等物跟过来,又在杯

子里斟满热茶。接着,她再度离开,又拿来晚报和老花镜。

信吾用凉毛巾擦擦脸,觉得戴上老花镜太麻烦,只是凝望着庭院。

庭院草地一派荒凉。主屋对面的一角,一簇胡枝子和芒草正充满野性地四处蔓延。

蝴蝶在胡枝子深处翩飞,穿过胡枝子的绿叶,款款翻动着翅膀,看上去大约有好几只。信吾一直期待着,他希望蝴蝶飞在胡枝子上头,或者打胡枝子旁飞过来。信吾等来等去,蝴蝶总是在胡枝子的背面飞。

信吾看着看着,在他的想象中,胡枝子深处仿佛出现了一个小小的世界。胡枝子叶丛中闪闪飞动的蝶翅美艳无比。

他蓦地想起了不久前将近月圆之夜时,透过后面山上树木看到的星星。

保子过来坐在廊缘上,摇着团扇问道:

"今天修一又要很晚才回家吗?"

"嗯,"信吾转脸望着庭院,"那里的胡枝子深处有蝴蝶飞翔,看到了没有?"

"哎,看到啦。"

蝴蝶似乎不愿被保子发现,此时飞到了叶丛上面,一共三只。

"有三只啊,都是凤蝶呢。"信吾说。

但在凤蝶之中,也是小型的那一种,颜色不太艳丽。

蝴蝶在板墙上画出一道斜线,出现在邻家松树前面。三只纵向排成一列,既不散乱,也不断离,迅速从松树中间穿过,向树梢飞去。松树不曾被当作园中花木精心修剪,一直高高地疯长着。

不一会儿,从意想不到的方向,飞来一只凤蝶。凤蝶低低穿过院里的树木,在胡枝子上方消失了。

"今早还没有醒,就梦见了两次逝者。"信吾对保子说,"梦见辰巳木匠请我吃面。"

"那么,您吃了没有呢?"

"啊,怎么?你是说不能吃吗?"

信吾思忖着,好像有一种说法,认为梦里吃

了逝者的东西就会死。

"吃没吃呢?记得好像没有吃。是盛在竹箅上的一笼荞麦面。"

他似乎没有吃就醒了。四方形的木框,外头漆黑,内里朱红,垫着竹箅,就连荞麦面的颜色也记得清清楚楚。这些是梦中的色彩,还是醒来后记忆添加的色彩?他一时弄不明白。总之,眼下只对一笼荞麦面记忆深刻,其余皆模糊不清。

一笼荞麦面,直接放在榻榻米上,信吾似乎就正对着它站着。辰巳木匠及其家人则坐在一起,没有人坐在座垫上。信吾一个人站着,倒是很奇怪,但确实是站着,他只朦胧地记得这一点。

他从梦中惊醒的时候,对此梦境的记忆依然清晰。接着他又睡着了,等到今朝起床后,记得更加清楚,然而到傍晚时又都几乎不记得了。只有一笼荞麦面的情景模糊地浮现于脑际,前后的情节都消失殆尽了。

提起辰巳木匠铺,老板辰巳木匠活了七十多岁,三四年前已去世。信吾喜欢他身上的老派匠人气质，经常委托他做活，但二人还没有亲密到三年后也会梦见的程度。

梦中吃面这个场景似乎发生在工作间配套的餐厅。信吾曾经站在工作间同餐厅里的老人对话，却从未进过餐厅，他不明白自己为何做了个吃荞麦面的梦。

辰巳木匠有六个孩子，全是女儿。

他在梦里似乎触摸过一个姑娘，是不是那六个女儿之一呢？眼下到了傍晚，信吾已经想不起来了。

他记得确实触摸过，但想不起来究竟是谁了。没有一点线索。梦醒时好像清晰地记得是谁，又睡了一觉后，到今天早晨也还记得，但是现在到了傍晚，已经全都想不起来了。

因为做的都是关于辰巳木匠的梦，那个姑娘到底是不是木匠其中的一个女儿？对此他完全没有实际感觉，首先，他根本记不得木匠家姑娘们的长相。

触摸那个姑娘无疑是在梦中，但记不清是在

那笼荞麦面出现之前还是之后。醒来时,信吾记得最清楚的还是荞麦面。但因遇到姑娘引起的兴奋而被惊醒,难道不是梦的定律吗?

不过,他并没有体验到从梦中被惊醒的刺激。

前因后果不复记忆,对方的姿影已经消失,再也想不起来了。眼下信吾记得的只是朦胧的感觉。身体在排斥,拒绝回答他的困惑。全然是乱作一团。

信吾在现实生活中也不曾体验过这般女色情事。虽然不知道是谁,但总之是个姑娘家,这般糊涂的事,就更不可能发生了。

信吾六十二了,很少做如此猥亵的梦。也许根本谈不上猥亵,其实很平淡,所以醒来之后,他也觉得奇怪。

做完这场梦,他又很快睡着了。不久,又做了一个梦。

肥头大耳的相田提着装满一升酒的酒壶,来到信吾家。他已经喝得醉醺醺,面孔通红,毛孔怒张,任何举动都显得醉意蒙眬。

信吾只记得这些。梦中的家是现在的家还是以前的家，已经记不清楚了。

十年前，相田一直在信吾的公司担任重要职务。去年岁末，他患脑出血死了。死前那几年，他一年比一年瘦弱。

"其后，又做了一个梦，这回是相田提着装满一升酒的酒壶，到我们家来。"信吾对保子说。

"相田君？相田君他不是不喝酒吗？太离奇啦。"

"是的。相田有喘病，得了脑出血倒下时，痰堵住了喉管，给憋死了。他不喝酒，常常提着药罐子走路。"

梦中相田如酒豪般大步走来的形象，清晰地浮现在信吾的头脑里。

"所以您就和相田君大喝起来了，是吗？"

"没有喝。我坐着，他朝我走过来，还没等他坐定，我就醒了。"

"挺晦气的，梦见两个死人。"

"是来接我的吧。"信吾说。

到了这个年纪，亲友大多故去，梦中出现逝者，或许是很自然的事。

不过，辰巳木匠和相田都不是作为逝者，而是作为活人进入信吾梦中的。今早，梦中的辰巳木匠和相田的面容身影还历历在目，比清醒时的记忆还要清晰。相田那张醉醺醺的红脸，实际上并不存在，但信吾连他张开的毛孔都记得清清楚楚。

辰巳木匠和相田的身影是那么清晰，同一场梦中接触的姑娘却只剩一片模糊，不知是谁，这是为什么呢？

是因为内疚而很快忘却了吗？信吾怀疑起来。不过也并非如此。他并未做出道德上的反省，他的道德尚未因此觉醒，只是继续沉睡。他只是记住了感觉上的失望罢了。

然而，为何会梦见那种失望感呢？对此，信吾并不觉得奇怪，他也没跟保子说。

厨房里正在做晚饭，能听到菊子和房子的对话，两人的嗓门稍大了点。

四

每天夜里都有蝉从樱树上飞进家中。

信吾来到庭院,顺便到那棵樱树下看看。

四面八方传来飞蝉的羽音。信吾惊叹于蝉的数量之多,更惊叹于羽音之大。他听到的仿佛是群雀呼哨而起的响声。

抬头眼望高大的樱树,蝉还在继续飞。

漫天的云彩向东方疾驰。气象预报说,二百十日[1]可能平安无事,但信吾以为,今夜说不定会气温骤降,风雨交加。

菊子走来。

"爸爸,您怎么啦?蝉声聒噪,我还以为有什么事呢。"

"可不,蝉这般吵闹,好像要出什么灾祸。不要说水鸟扑棱翅膀的声音,就连这蝉翼的振动也使我胆战心惊。"

---

1 立春后二百十日,九月初稻子扬花结籽时期,台风时常来袭,农家谓之"厄日"。

菊子手里捏着一根纫上红丝线的衣针。

"比起蝉翼的声音，蝉鸣更可怕呀。"

"我倒不太在意那叫声。"

信吾看向菊子所在的房间，那里有正在缝制的红色的小孩衣服。那是很早以前保子做长内衣用的一块布料。

"里子还把蝉当玩具吗？"信吾问。

菊子点点头，只在唇边轻轻"嗯"了一声。

家住东京的里子很少看见蝉。或许也是里子的性格使然，一开始她很害怕蝉，房子就用剪刀剪去油蝉的翅膀之后再给她。后来，每当里子捕捉一只油蝉，总是央求姥姥或菊子为她剪掉蝉翼。

保子对这一点十分反感。她说，房子不会干出那种坏事来的，都是那个女婿把她教坏的。

一群红蚁拖着一只没有翅膀的油蝉，保子见了就会脸色铁青。她平素对这类事无动于衷，所以信吾看了，既感到奇怪，又大惑不解。保子之所以心情很坏，或许是因为她正被迫接受一种不祥的预感吧。信吾知道,问题不在于蝉。

里子任性、固执,大人只好让她三分,给她剪去油蝉的翅膀,但她还是不肯罢休。里子把刚被剪掉羽翼的蝉悄悄藏起来,神情黯淡地扔到院子里去了。她知道大人们都看在眼里。

房子几乎每天都对母亲发牢骚,但她一直不肯讲明什么时候回去,从这一点看,她心里或许还有更重要的事没有说出口。

保子钻进被窝之后,将女儿当天的牢骚话传达给信吾。信吾听了,大都没有放在心上,但他觉得房子还是有些话没有说完。

作为父母,理应主动同女儿商量,但女儿已经出嫁,且年过三十,有些话父母也不便轻易开口。接收两个孩子,也不是容易的事,只有一天天等待时机。

"爸爸对儿媳妇倒很温柔哩!"房子说。

那是吃晚饭的时候,修一两口子都在家。

"说的是啊,我对菊子也很温柔呀。"保子应和道。

房子的话不一定要求回答,但保子还是应了。她虽然是笑着说的,但那声音是想压一压女儿。

"因为这个儿媳妇对我们非常体贴啊!"

菊子立即涨红了脸。

保子说的是实话,但听起来似乎在针对自己的女儿,仿佛是喜欢幸福的儿媳妇,厌恶不幸的女儿。令人不禁怀疑其中是否含有残酷的恶意。

信吾认为,保子只是自我厌恶,信吾内心也有类似的想法。不过,作为女子,作为年迈的母亲,面对可怜的女儿,保子竟然也会突然冒出这些话来,使得信吾多多少少有些意外。

"我不赞成,她唯独对我这个丈夫不温柔。"修一说道,但没人觉得可笑。

信吾对儿媳妇菊子温柔以待,修一和保子自然知道,菊子心里也很清楚,这事谁也不愿再提。但一经房子挑明,信吾立即陷入寂寞。

对于信吾来说,菊子就是沉闷家庭中的一扇窗户。自己的亲生骨肉,不但不能使自己满意,他们自己在这个世上也活得很不容易。信吾感到,亲骨肉的重负将要降临到自己头上。看到年轻的儿媳妇，他自然觉得很安心。

虽说对她温柔，但这也只是信吾黑暗孤独中一盏微弱的灯光。他如此骄纵自己，自然也就会羞待儿媳，借此为生活增添些微的甜蜜。

菊子既不对公公这一年龄的心理乱加猜疑，也不对他抱有警惕。

房子的一番话语，似乎稍稍揭穿了信吾的秘密。

那是三四天前吃晚饭的时候。

回想起里子和蝉那件事的同时，樱树下的信吾又想起房子当时说的话，随即问道：

"房子在午睡吗？"

"是的，姐姐刚刚在哄国子睡觉呢。"菊子瞧着公公的脸孔回答。

"里子很好玩啊，房子哄婴儿睡觉，里子也跟着一起去，趴在妈妈背上睡觉。她就那时候最老实。"

"好可爱啊！"

"姥姥不喜欢那个外孙女,等到十四五岁,或许也像姥姥一样爱打呼噜吧?"

菊子心里"咯噔"一下。

菊子返回刚才缝衣服的房间,信吾正要进入另一个房间,被菊子叫住了。

"爸爸,听说您去跳舞了,是吗?"

"啊?"信吾回过头来。

"你都知道啦?真闹不明白。"

前天晚上,信吾和公司的女办事员一起去了舞场。今日是星期天,看来是昨天,那位叫谷崎英子的女办事员就对修一说了,修一肯定又对菊子说了。

信吾近年来不曾进过舞场。他约英子,使得英子感到惊讶。她说,同信吾在一起,怕公司的人说三道四。信吾要她保密,但看样子第二天,她就及早告诉了修一。修一从英子那里知道后,昨天和今天都在信吾面前佯装不知。但看起来,他早就告诉了妻子。

修一似乎经常约英子去跳舞,信吾想去看个

究竟。他想，说不定修一的情妇就在他和英子同去的那座舞场。到那里一看，并没有很快找到那位女子，他也不想向英子打听。

英子出乎意料地和信吾一同来跳舞，满心高兴，行为有点走调。在信吾眼里，英子是个危险人物，但又很可爱。她二十二岁了，乳房却只掌可握。信吾蓦地想起春信[1]的春画。

但是，目睹周围杂乱的情景，随之想起春信，的确含有戏剧般的滑稽。

"下回带你一道去。"信吾说。

"真的？那就让我陪陪您吧。"

菊子自打喊住信吾，脸孔一直涨得通红。

菊子可能觉察到公公怀疑修一的情妇在那里才去看看的吧？

自己去舞场，即使被人知道也没关系，因为心里想着的是修一的情妇一事。此时突然经菊子一说，倒有点不知所措了。信吾绕到门厅上楼，

---

[1] 铃木春信（1725—1770），江户中期浮世绘画师，工于美人画，常取材于花街游里、市井风俗，画作多立意于古典与和歌。

走到修一在的房间,他站着问儿子:

"哎,听谷崎说了吗?"

"这可是家里的新闻哪。"

"什么新闻啊?你既然领人家去跳舞,总得为她买一套夏装啊。"

"唉,给爸爸丢人了,是不是?"

"上衫和裙子显得不协调啊。"

"她有衣服,因为突然带她去,一时没准备。要是有约在先,会穿得好些的。"修一说罢,脸转向一边。

信吾从睡着的房子母女仨旁边经过,走进餐厅,看看房柱上的挂钟。

"五点了呀!"他像是要确认一下时辰,嘴里嘀咕着。

一

云
炎

一

报上说二百十日平安无事,但二百十日前一天夜里,还是来了台风。

不过,信吾似乎不记得是哪一天读到这段报道的了。或许不能称为天气预报,但时日临近,预报或警报自然也都发过了。

"今天会早些回家吧。"下班时信吾约修一一起走。

女办事员英子为信吾下班做着准备,自己也赶紧收拾一番。她穿上透明的白色雨衣,胸脯看起来更加扁平。

自打带英子跳舞,发现她的乳房瘦小之后,

信吾对她越发注意起来。

英子跟在后头快速跑下楼梯,来到公司门口,同信吾等人并排站在一起。大概因为暴雨,她的脸上没有补妆。

信吾想问她回到哪儿去,但又作罢了。说不定已经问过二十次了,他不记得了。

到达镰仓站,下车的人们都站在屋檐下,窥视着风雨交加的天气。

来到门外种植向日葵的人家附近,风雨呼啸之中,夹杂着《七月十四日》[1]的主题曲。

"她倒挺自在的呢。"修一说。

爷儿俩都知道,菊子在放丽丝·戈蒂[2]录制的唱片。

歌声结束,又从头开始。

放到一半,传来关闭挡雨窗的声响。

---

1 《七月十四日》(*Quatorze Juillet*),1933 年由雷内·克莱尔编导的电影。
2 丽丝·戈蒂(Lys Gauty,1900—1994),法国香颂歌手,她所灌制的《七月十四日》主题歌《在巴黎每一处》(*A Paris Dans Chaque Faubourg*)被广为传唱。

接着,他们听到菊子一边关挡雨窗,一边跟着唱片唱了起来。

风雨声和歌声交混在一起,两人从门口进入玄关,菊子竟然没有发觉。

"糟透了,鞋子里灌了水。"修一说着,在玄关脱掉袜子。

信吾浑身透湿地上了楼。

"哎呀,您回来啦!"菊子走过来,满心喜悦。

修一将抓在一只手里的袜子递给她。

"啊,爸爸也淋湿了吧。"菊子说。

唱片放完了。菊子将唱针放回开始的地方,把两人的湿衣服抱起来。修一一边系腰带一边说道:

"菊子,你很自在啊,附近都听得到啦。"

"我很害怕才放唱片的。我记挂着你们俩,静不下心来。"

然而,菊子仿佛受暴风雨感染,禁不住手舞足蹈起来。她去厨房为公公沏茶,也小声地哼着歌。

这张巴黎香颂的唱片，修一自己喜欢，便买给了菊子。

修一精通法语，菊子不懂法语，修一教她发音，她跟着唱片反复练习，倒也唱得很好。例如，为《七月十四日》献唱的丽丝·戈蒂是位历尽磨难的歌手，菊子虽然不曾有过这种人生经历，但她那一副轻风细雨般的嗓音唱来也别有滋味。

菊子出嫁时，女校的同学们赠送她一张收录有世界各国摇篮曲的唱片。新婚燕尔的时期，菊子经常播放这些摇篮曲，逢到身旁没有人时，她就跟着唱片偷偷唱起来。

歌声诱出了信吾内心甜美的情味。

这是女人的祝福！信吾十分感动。看起来，菊子似乎也一边唱着摇篮曲，一边沉浸在少女时代的回忆之中。

信吾曾经对菊子说过：

"在我的葬礼上，你就为我播放这张摇篮曲唱片吧。我只要这个，不要人家为我烧香念佛。"

这虽然不是真心话，但他随即就要流下泪来。

如今菊子还没有孩子,她对摇篮曲也似乎失掉了兴趣,最近不放这张唱片了。

《七月十四日》的歌将要结束时,歌声突然低迷,然后消逝。

"停电啦!"保子在餐厅里说。

"是停电了,今天不会来电了。"菊子说着关上留声机开关,"妈,我早点烧饭吧?"

吃晚饭时,纤细的烛火也被缝隙溜进来的风吹灭三四次。

风雨喧骚的远方似乎传来大海的涛声,那海啸般的轰鸣听起来比风雨更加让人惊心动魄。

二

枕畔吹灭的烛火的气息,在信吾的鼻子周围萦绕不散。

屋子稍稍摇动之时,保子摸索被窝上的火柴盒晃了晃,仿佛在告知老伴。接着又去寻找信吾的手,不是握住,而是轻轻触摸。

"不要紧吧?"

"应该不要紧的。即便外边的东西被吹跑了,也没办法出去拾回来。"

"房子的家没问题吧。"

"是说房子那边吗?"信吾倒是忘记了,"啊,还算好吧。这种暴风雨的夜晚,夫妻会和和美美早些睡觉的。"

"能睡得着吗?"保子打断信吾的话,沉默不语了。

听得到修一和菊子小两口的说话声,菊子在撒娇。过一会儿,保子接着说道:

"她带着两个孩子,和咱们不一样啊!"

"听说老太太腿脚不好,有神经痛什么的。"

"是的,是的,要是逃走,相原还得背着他母亲呢。"

"腿不能站吗?"

"只是可以动动,不过,这种暴风雨天气……那边的情况,真叫人忧郁。"

六十三岁的保子说出"忧郁"这个词，信吾觉得很奇怪，他说：

"哪里都令人忧郁。"

"报上说，女人家一生中要梳各种各样的发型，倒是说得很好啊。"

"登在哪里的呀？"

据保子说，最近死了个专画美女的女画家，一个男画家为她写了篇悼文，这句话就在文章开头。

不过，正文与这句话截然相反，说那个女画家没有梳过各种发型。她从二十多岁直到七十五岁死去，约莫五十年，始终都梳着一种所谓"梳卷"的发型，就是将头发盘在头顶上，再用梳篦别起来。

保子很钦佩一辈子梳着"梳卷"发型的人。除却这一点，"女人家一生中要梳各种各样的发型"这句话，也令她很有感触。

保子有个习惯，隔一段时间就将每天的报纸整理在一起，再从中挑着阅读。所以，她早已忘记说的是哪天的文章了。还有，她爱听夜间九点的时事评论，因而经常会说出一些莫名其妙的话来。

"你是说房子今后也会梳各种各样的发型吗？"信吾试探地问道。

"是呀，女人嘛。但不会像我们这些老人，一旦梳起日本发型就变了一个人。要是房子也像菊子那么漂亮，她也会喜欢换发型的。"

"你要知道，房子来的那段时间，受到了你的各种冷遇，她是满心绝望离开的。"

"是您的心情影响了我的心情，不是吗？您只喜欢儿媳妇菊子。"

"哪有这么回事啊，你是找借口。"

"我说得没错，您过去不喜欢房子，只疼爱修一一人，不是吗？您就是这么一个人！眼下，修一外头有相好的了，您倒什么话也没有了，反而莫名疼爱菊子，这太无情了。那孩子为了不使公公难堪，连嫉妒心都不敢有，真叫人忧郁。台风要能把这些忧郁刮走，那该多好。"

信吾感到愕然。

保子急风暴雨般地正说着，信吾插了一句：

"你确实像台风啊!"

"我就是台风。房子也是,到了这个年龄,如今这个时代,还想让父母为她提离婚,这也太卑怯了吧。"

"也不是。他们已经到谈离婚的地步了吗?"

"比起这个,到时家里得养活一个拖带着外孙女的闺女。我都能瞥见您一脸忧郁呢!"

"你才更明显。"

"这个嘛,都是因为有个您中意的菊子。就算不谈菊子,要说我不喜欢房子,我真的是不喜欢。菊子有时说话做事使人放心,但房子就让人感到心情沉重……出嫁前还不太明显。明明都是自己的女儿和外孙女,做父母的怎么会有这样的感觉呢?太可怕了,我是受了您的影响呀!"

"你比房子还卑怯。"

"刚才是说笑话。提到影响,我忽地吐了吐舌头,黑暗中您没看到吧?"

"一个能说会道的老太太,真叫人头疼。"

"房子很可怜,您不觉得她可怜吗?"

"可以接回来。"

接着,信吾突然想起了什么:

"上回房子带来了一块包袱皮。"

"包袱皮?"

"嗯,包袱皮。我记得见过那块包袱皮,一时想不起来了,但确实是我们家的。"

"是棉布大包袱皮吧?那是房子出嫁时给她包镜台的。镜子很大。"

"哦,是吗?"

"看见那块包袱皮,我觉得很碍眼,还是把衣服装在蜜月旅行用的箱子里为好。"

"箱子很重,还带着两个孩子,哪里还顾及好看不好看。"

"家里还有菊子在呀。还有,那块包袱皮,是我过门时包着什么东西带来的。"

"是吗?"

"再往前追溯,是姐姐的遗物。姐姐死了,婆家用这块包袱皮包裹着一棵大盆栽送还给娘家。是很大的红叶盆栽。"

"嗯，可不是嘛。"信吾沉静地应和着，盆栽耀眼的灼灼红叶，照亮了他整个脑海。

保子的父亲住在乡下，农闲时喜欢种植盆栽，尤其专注于红叶盆栽。保子的姐姐时常被父亲支使帮忙摆弄盆栽。

听着暴风雨的呼啸，信吾躺在被窝里，想起一个人来。那个人站在盆栽棚架之间。

那是父亲给出嫁的女儿带去的一棵盆栽，或者是女儿提出想要的。然而，一旦女儿离世，婆家就无人照管亲生父亲送的心爱之物，只好返还原处。也可能是父亲索要回去的。

如今，占据了信吾整个脑子的那株红叶盆栽，正放在保子娘家的佛坛上。

这么说，保子姐姐去世时正赶上秋天，信吾思忖。信浓[1]的秋天来得早。

媳妇一死，就把盆栽还给她娘家吗？红叶烂漫，供在佛坛上，似乎有些太合宜了。这是回忆

1　日本长野县旧称。

中出现的乡愁般的幻想,不是吗?信吾对此没有把握。

信吾忘记了保子姐姐的忌日。

他不想问保子,因为保子曾经跟他讲过下面这番话:

"我没有帮父亲摆弄过盆栽,这虽然也是我的性格决定的,但我一直认为父亲只疼爱姐姐一人。我其实也很佩服姐姐,所以不只是妒忌她,而是恨自己不如姐姐那样能干。"

保子一提起信吾偏爱修一,就会连带着说:

"我倒有点像房子啊。"

那块包袱皮竟然也饱含着保子对姐姐的回忆,信吾很惊讶。但话题涉及她姐姐,他便沉默不语了。

"要睡觉吗?上了年纪的人也很难睡得着,"保子说,"这场暴风雨使得菊子笑得很开心……唱片放了一遍又一遍,我倒觉得那孩子挺可怜的。"

"你呀,刚说的话也有矛盾。"

"怎么会呢?"

"这是我要说的。难得睡个早觉,就该挨你这般数落吗?"

盆栽的红叶还留在信吾的脑海里。

信吾在少年时代爱慕过保子的姐姐,他和保子结婚已经三十多年了,那灼灼艳红的枫叶似乎化作一道古老的伤疤,始终闪现于头脑一隅。

保子入睡一小时光景,信吾也睡着了,不久又被巨大的响声惊醒。

"什么声音?"

暗夜之中,远处廊缘上传来菊子渐渐走近的脚步声,菊子前来报告说:

"您醒了吧?神社摆放神舆的仓库屋顶的白铁皮,据说被风刮到我们家的屋脊上了。"

三

神舆仓库屋顶的铁皮全都被风吹走了。信吾家的屋顶和庭院,也落下七八块。神社的管理人一大早便前来拾取。

翌日，横须贺线也通车了，信吾去上班了。

"怎么了？没睡好吗？"

信吾问前来沏茶的女办事员。

"是的，没有睡着呢。"

英子讲起上班途中透过电车车窗看到的两三处刮过台风的地方。

信吾抽罢两支香烟，说道：

"今天不能去跳舞了吧？"

英子扬起脸笑了。

"上次回来，第二天一早就感到腰痛，年纪大了，不中用啦。"信吾说罢，英子眼睛和鼻翼周围，显露出调皮的微笑。

"那是您老是后仰的缘故吧。"

"后仰？是啊，腰弄弯了吧。"

"您呀，跳舞时不好意思碰我，仰着身子保持着距离。"

"哦？那倒没想到，没有这回事。"

"可是……"

"或许是想使得姿态优美些,自己没有意识到啊。"

"是吗?"

"你们总是互相紧贴着身子跳舞,样子很不雅观呢。"

"哎呀,说得太过分啦。"

信吾想到,前些时候,他以为英子跳起舞来心情过于兴奋,有点夸张,那可能只是他自己过于拘谨了,实际没有别的原因。或许是自己太僵硬了吧?

"好吧,下回向前躬身,紧贴着你跳,行吗?"

英子低着头窃笑,说道:

"我陪您。不过今天不行,这身打扮太失礼了。"

"我说的不是今天。"

信吾看到英子穿白色绣衣,扎白色丝带。白色绣衣虽说不稀罕,但由于配上了白色丝带,绣衣的白色更加惹眼。宽度稍大的丝带将头发拢为一束,扎成发髻,垂在脑后。那身打扮,仿佛随时准备走进台风里。

她的耳朵和耳后一带都露了出来,以往遮掩在秀发下的青白肌肤,生长着整齐而美丽的绒毛。

她穿一件深蓝色的薄呢裙。裙子很旧。

这样的穿着,不太会显得乳房过小。

"从那之后,修一就不邀你了吗?"

"是的。"

"实在过意不去,老头子要跳舞,年轻儿子被拉离开,你真可怜啊!"

"哎呀,好为难啊,还是我来约他吧。"

"你是叫我不用担心?"

"您再逗我,就不跟您跳了。"

"啊,不过,修一因为被你看着,抬不起头来。"

英子有了反应。

"你认识修一的女人吧?"

英子显得很困惑。

"是舞女吗?"

英子没有回答。

"年龄比他大吗？"

"年龄吗？比您家媳妇要大些。"

"是美人吗？"

"嗯，长得很漂亮，"英子嘀咕着，"不过，她嗓音很沙哑，或者说是声音很割裂，像是分作两种声音而出，据说这样显得很性感。"

"哦？"

英子刚要开口讲述，信吾立即就想捂耳朵。

他为自己感到耻辱，也对修一的女人以及英子的本性深感厌恶。

女人沙哑的声音显得性感，一开口说的居然是这个，叫信吾无法忍耐。修一确实不怎么样，英子也好不到哪里去。

英子瞧瞧信吾的脸色，不说话了。

那天，修一和信吾一起及早归来，锁好门，全家四口外出看电影版《劝进帐》[1]。

---

[1] 歌舞伎十八番之一，独幕剧，三世并木五瓶作剧，四世杵屋六三郎配曲。描写假扮东大寺修行僧的源义经主从，凭借随从弁庆的智慧巧度加贺国安宅关的故事。

修一脱掉衬衫换上汗衫时,信吾发现修一胸部和腋窝处泛红,猜想那大概是风暴袭来的晚上菊子给他添上的。

《劝进帐》里的幸四郎、羽左卫门、菊五郎[1]三人如今都死了。

对这出戏,信吾、修一和菊子的观感各不相同。

"幸四郎的弁庆,我们已经看了几遍了呀?"菊子问信吾。

"忘记了。"

"您很会忘事。"

月光照耀街衢,信吾仰望天上。他突然感觉到,月亮在炎火中。

月亮周围的云彩呈现出珍奇的形状,使人联想起绘画上不动明王[2]的背光和狐玉[3]的光焰。但

---

1 即松本幸四郎、市川羽左卫门和尾上菊五郎,皆为世袭歌舞伎俳优,分别扮演《劝进帐》中的弁庆、富樫和源义经。

2 五大明王或八大明王主尊,受命于大日如来,击退魔军,消弭灾难,摒除烦恼,守卫行者,满足诸愿。

3 伏见稻荷神社门口狐狸口中所含玉石,多呈金黄色。

是，云的红炎冷艳、淡白，月也冷艳、淡白，信吾迅疾地从中感受到秋意。

月亮稍稍偏东，大体呈圆形，位于云彩的红炎正中。边缘的云彩模糊一片。

除包裹月亮的云中红炎之外，附近没有别的云。暴风雨过后，整夜间天空漆黑。

街上各家店铺都闭店了，这里也是一派静寂。电影散场时，回家观众前方的大街上静悄悄的，没有一个人影。

"昨夜没睡好，今晚早点睡吧。"信吾的声音里满含着孤身冷衾之叹，他渴望有人让他的肌肤温存一番。

信吾感到，一生中关键的时刻即将来临，该决定的事情逐渐迫在眉睫了。

栗子

一

"银杏树又出芽了。"

"菊子你刚刚才发现吗?"信吾说,"我前些时候就看到了。"

"爸爸老是面朝树坐着嘛。"

面对信吾侧身而坐的菊子,转头看向身后银杏树的方向。

不知何时起,餐厅开饭时,一家四口各自的位子都固定了。信吾坐西朝东,左侧的保子面朝南。信吾右侧是修一,面向北。菊子面向西,同信吾面对面。

南面东面都有庭院。老两口可以说占据了好

位子。此外，婆媳俩的位子在吃饭时便于上菜和伺候。不光是吃饭的时候，就连在餐厅的矮腿桌前，四个人也都习惯于坐在固定的位子上。

菊子总是背对银杏树而坐。

纵然如此，那样的大树不合季节地抽芽了，菊子竟然没有看到，忽略过去了。信吾感到，菊子的心上似乎有着什么空白。

"打开挡雨窗、扫除廊缘的时候，总该注意到啊。"信吾说。

"您说得很对，倒也是呀。"

"是的啊，回家时，总是面朝银杏树走来，好歹都能看到树，不是吗？因为你呀，一直低着头，一边走路一边模模糊糊地想问题。你说是吗？"

"哎呀，真难为情，"菊子耸动着肩膀，"今后，凡是爸爸看到过的，不论什么，我都留意三分。"

信吾听着，感觉很悲戚。

"不可这样啊。"

自己看到什么东西，也希望对方看到。这样的意中人，信吾一生中未曾有过。

菊子继续仰望银杏树。

"山顶上也有树木长出了嫩叶。"

"是啊,那些树也被台风吹走了叶子吧。"

信吾家的后山被神社截断,小山的一端敞开来,变成神社的内部。银杏树生长在神社内,从信吾家的餐厅望去,仿佛是山上的树木。

一夜台风,使那棵银杏树变得光秃秃的。

被风吹光叶子的是银杏和樱树。银杏和樱树在信吾家四周都算是巨木,也许是大树尚可挡住狂风,弱叶却经不起强风扑打吧。

樱树本来残留少数枯叶,这回也落光了,成为一棵裸木。

后山的竹叶也枯萎了,抑或临近大海,风中含着潮气所致吧。也有竹子被吹断主干,飘飞到庭院里来。

大银杏树再度催芽了。

信吾在回家途中,自大道折向小路,总是面对着银杏树,所以每天都能见到。从餐厅里也能看到。

"银杏树到底比樱树坚强些,或许长寿之木就是不一样吧。"信吾说,"那样的古树,到了秋令,又能长出新叶来,可见有多么强的生命力啊!"

"不过,叶子显得很凄清呢。"

"是的,满指望能长像春天时那般硕大的叶片,可最后还是没能长得太大。"

叶不仅小,还很稀疏,不足以遮满枝头。叶子单薄,绿色不浓,多呈浅黄色。看上去仿佛秋日的朝阳照耀在依然光裸的银杏树上。

神社的后山多常绿树。常绿树的叶子经得住风雨,丝毫不受摧残。茂密的常绿树顶端,也浮出了薄绿的嫩叶。

菊子发现了那些嫩叶。

保子是从后门回来的,听到水龙头放水的声音。她好像说着什么,但因为流水声,信吾没听清楚。

"你说什么呀?"信吾大声问。

"妈妈说胡枝子开得很漂亮啊。"菊子回了一句。

"是吗?"

"妈还说芒草也开花了呢。"菊子又从中传话。

"是吗?"

保子又说了句什么。

"别说了,听不见!"信吾大吼。

菊子低头笑了:

"我来传达吧。"

"要传吗? 老太太独自犯嘀咕呢吧?"

"妈说昨夜做了梦,梦见乡下房屋都被吹得破破烂烂的了。"

"哦。"

"爸爸怎么回应呢?"

"除了'哦',还能说什么。"

水声停止了,保子唤菊子。

"菊子,插起来吧。看到开得漂亮,就随手折了几枝,帮个忙吧。"

"好的,也给爸爸瞧瞧。"

菊子抱来了胡枝子和芒草。

保子洗了手,接着涮了一下信乐[1]花瓶拿进关。

"邻家的雁来红很鲜艳呢。"保子说罢坐下来。

"种植向日葵的那家也有雁来红。"信吾说着,随即想起那漂亮的花盘被大风吹落的情景。

花盘和主干加在一起,足有五六尺,被风拦腰吹断,倒毙路旁。花盘枯萎数日,无人问津,犹如人头落地。周围的花瓣最先干枯了,粗大的茎条失去水分,变了颜色,沾满泥土。

信吾往来跨越其上,不忍看一眼。

花冠掉落了,向日葵的下半截枝干依旧站立门边,尚未长出新叶。一旁并排种着五六株雁来红,花色艳丽。

"不过,邻居家那样的雁来红,这附近找不到第二家。"保子说。

---

[1] 日本六古窑之一,以滋贺县甲贺市信乐为中心制作的历史悠久的陶器,称为"信乐烧"。

二

保子梦见的被毁坏得破烂不堪的乡下房屋，指的是她娘家的宅子。保子的父母去世后，好几年无人居住。

父亲叫姐姐出嫁，似乎想让保子继承家业。对于心疼姐姐的父亲来说，这是违心之举。但这也是受到了美人姐姐的恳求，她对妹妹心怀怜悯。

姐姐死后，保子去姐姐婆家干活，想给姐夫做填房，父亲因而对保子绝望了。保子既然有着这番心事，也是父母的责任，所以父亲对此也很懊恼。

保子和信吾这门婚事似乎让父亲很高兴。

看样子，父亲决心在无人继承家业的情况下度过余生。

如今的信吾，比保子出嫁时的岳父年龄还要大。

保子的母亲最先故去，接着父亲去世，当时

姑家的旱田都卖光了，只剩下少量山林和宅基地。没有什么古董之类的东西。这些财产都存在保子名下，但后来就托付给乡下亲戚管理了，或许他们以砍伐山林来替代缴纳税金吧。长年以来，保子不曾为那个家付出一分一文，同时也没有获得一分一文。

某一时期，村里来了一批战争疏散者。当时有人打算买下那些地，信吾看到保子有些舍不得，就作罢了。

信吾同保子是在这座宅子里举办的婚礼，这是保子父亲的希望。他表示过，他可以将剩下的唯一女儿嫁出去，条件是必须在自家宅子里举办婚礼。

办婚宴时，信吾记得有一颗栗子掉落下来。

栗子掉落在庭院里巨大的岩石上时，或许与石头斜面形成了一定角度，忽然腾飞起来，落入溪涧中。那飞行的曲线，意外化作一道美丽的风景。

"啊！"信吾几乎喊出声来。他环视筵席，一颗栗子的掉落，似乎没有引起人们的注意。

第二天早晨，信吾到溪涧边看了看，发现栗子就落在水边。这里掉落了好几颗栗子，不只是婚宴时掉的栗子。信吾拾起来，想跟保子说来着。但这毕竟有点孩子气。再说，保子以及那些听他说的人，果真认为这就是那颗栗子吗？

信吾将栗子丢到河边的草丛里。

且不说保子是否相信，信吾只会因被保子的姐夫看见而感到羞愧。倘若这位姐夫不在现场，信吾在昨晚婚宴上，也许会说出栗子掉落的事。正因为这位姐夫出席了婚宴，信吾仿佛受到屈辱般的压力。

姐姐结婚之后，信吾对她一时恋恋难舍，他自己也觉得对不起姐夫。姐姐病逝，他和妹妹保子结婚，面对这位襟兄心情依旧不能平静。

其实，保子的立场更加委屈。姐夫对这位小姨子的心情佯装不知，把她当作女佣役使。

姐夫作为亲戚，应邀出席保子的婚礼，这是自然的事，但信吾心中有愧，不好意思正面朝姐夫瞧一眼。

其实，在这样的筵席上，姐夫也是个光彩照人的美男子。信吾感到姐夫座位的周边光芒闪耀。

在保子眼里，姐夫姐姐是理想之国的一对宠儿，信吾一旦同保子结婚，就注定终生赶不上姐夫他们。

信吾还觉得，姐夫似乎身居高处，冷漠地俯视他和保子的婚礼。

掉下一颗栗子这种微不足道的小事，信吾没有机会及时说出，到头来在他们的夫妇生活中留下了暗点。

房子出生时，信吾暗自期待着一个像保子姐姐般貌美的女儿，但他没有跟妻子说。谁知，房子是个比母亲还丑的姑娘。按照信吾的说法，姐姐的血统未能经由妹妹传承下来。他一直暗自对妻子感到失望。

保子梦见乡下房屋的三四天后，乡下亲戚发来电报，通知他们房子领着孩子回老家了。

这封电报是菊子接到的，然后转交给婆婆，保子等信吾从公司回来。

"梦见老家，或许就是个凶兆。"保子说，她眼望着看电报的信吾，显得意外地放心。

"唔，回乡下老家了？"

于是，信吾首先想到女儿不会寻死。

"可是，她为何不回这个家呢？"

"可能觉得一旦回娘家来，马上就会被相原知道了吧。"

"相原说了什么吗？"

"没有。"

"看样子已经无可挽回了，老婆带孩子跑了都不发一词……"

"房子或许像上次一样，告诉相原自己回娘家了。因为从相原来看，他不好意思到这里来。"

"总之闹得很僵啊！"

"居然真回乡下了，倒叫人不解。"

"回这里来不是更好吗？"

"您那话听起来可真叫人寒心啊！房子不愿

回娘家,她很可怜,咱们应当想到这一点。女儿和父母竟成了这个样子,我心里着实难过。"

信吾蹙着眉,收着下巴,在解领带。

"好吧,等等再说。和服在哪里?"

菊子拿来替换的衣服,抱起信吾的西装,默默出去了。

这期间,保子一直垂着眼,她看着菊子离去时关好的隔扇,嘀咕道:

"菊子那媳妇也不一定就不会逃走。"

"照这么说,当父母的,要一直对孩子的夫妻生活负责到底喽?"

"您哪里懂得女人的心思……女人悲伤的时候,和男人不一样。"

"对于女人来说,其他女人的内心她也都能搞懂吗?"

"瞧,今天修一就没回来。您为何就不能同他一起回家呢?您一个人回来了,还叫菊子为您收拾衣服,这算什么事呀。"

信吾未作回应。

"房子的事,您不想跟修一商量一下吗?"保子说。

"让修一回趟乡下吧,还是把房子接到这里来。"

"让修一去接房子,或许她不情愿呢。因为修一瞧不起她。"

"净说些丧气的话,那还能怎么办呢?星期六就叫修一去吧。"

"去老家也够丢人的,我们从来不回去,仿佛断了缘分。房子明明没有可以依靠的人,可到底还是回去啦。"

"不知她到乡下住在谁家里。"

"也许就住在那间空房子里。她也不便去麻烦婶母一家。"

保子的婶母该有八十多了。保子和当家的堂弟几乎没有什么来往,信吾也不记得堂弟家里有几口人。

房子怎么会跑到保子梦中那些破烂不堪的屋子去住呢?信吾心里实在不是滋味。

三

星期六早晨,修一和信吾父子俩一同离开家门,来到公司。离列车出发还有一段时间。

修一走到父亲办公室,对女办事员英子说:

"我把伞寄放在这里。"

英子稍稍倾着脑袋,眯细着眼睛问:

"要出差吗?"

"嗯。"

修一放下旅行箱,坐在信吾前边的椅子上。英子的眼睛一直盯着他。

"天气变冷了,要当心。"

"对了,"修一望向英子,对信吾说,"今天本来约她去跳舞的。"

"是吗?"

"让老爷子带你去吧。"

英子脸红了。信吾也懒得再说什么。

修一出发时,英子提着旅行箱要送送他。

"不用,不像样子。"

修一夺过箱子,消失在门外。被甩下的英子,在门前做了个不起眼的动作,精神萎靡地回到自己座位上。她是在难为情还是故作姿态,信吾无法断定,但她轻浮的女性作态使他一阵轻松。

"好容易约会一次,真叫人遗憾啊。"

"近来,他经常失约呢。"

"我来替代吧。"

"啊。"

"有什么不合适的吗?"

"哎呀。"

英子惊奇地抬起眼睛。

"修一的情人去舞厅了?"

"那倒没有。"

关于修一的情妇,以前信吾只听英子说过,那女子略显沙哑的嗓音很性感,其他则不曾听闻过了。

就连和信吾同在一间办公室的英子也见过修一的情妇,而修一的家人却不知道。这或许是世间的通例,但信吾很不理解。

尤其看着眼前的英子,他更觉得难于理解。英子看起来似乎是个轻佻女子,但每逢这种场合,她站到信吾面前,仿佛隔开人情世故的一道厚重帷幕。英子究竟在想些什么,谁也不知道。

"那么,你是跟他去跳舞,见到了那个女人,对吗?"信吾轻松地问。

"是的。"

"经常吗?"

"不太经常。"

"修一向你介绍过吗?"

"倒也谈不上介绍。"

"我怎么也闹不明白,会见情妇也要捎带上你,是想让她吃醋吗?"

"我们这号人,不会碍事的。"英子说罢,缩了缩脖子。

信吾看透了英子对修一既抱有好意,心中又有妒忌,便说:

"使个绊子又有何妨。"

"哎呀,"英子低下头笑了,"对方也是两个人啊。"

"什么?那女人领着男人来的吗?"

"是女伴,不是男的。"

"是吗,那我放心了。"

"哎呀,"英子看看信吾,"她们住在一起。"

"住在一起,两个女人租一间房吗?"

"不,地方虽小,但也很舒适。"

"怎么,你去看过?"

"嗯。"英子嗫嚅道。

信吾又好奇起来,稍稍着急地问:

"她家在哪里?"

英子顿时脸色惨白。

"真难办呀。"她嘀咕道。

信吾沉默不语。

"本乡[1]的大学附近。"

"是吗?"

英子为了减轻压力,继续说下去:

"一条细细的巷子,暗漆漆的,房子倒是很漂

---

[1] 东京都文京区地名,东京大学所在地。

亮。另一位女子得很秀气,我很喜欢她。"

"另一位女子不是修一的情妇,对吗?"

"嗯,给人的印象很好。"

"噢?那两个女人是做什么的?她们都是独身吗?"

"是的。不过,我也不清楚。"

"两个女人搭伙过日子?"

英子点点头。

"那位给人的感觉很文雅,以前没见过这种人,所以每天都想见到她。"英子有点撒娇地说。听英子的口气,似乎借由那女子的文雅,能使得她自己的某些方面获得豁免。

对信吾来说,这些都很意外。

他不能不想到,英子是否在借着夸奖那位同屋女伴,间接贬低修一的情妇。他一时看不透英子内心真实的想法。

"太阳照进来啦!"英子两眼望着窗户。

"可不是嘛,稍微打开些吧。"

"他来存伞的时候,还不知道会怎么样呢。出差遇到晴天，太好啦。"

英子以为修一是为公司的事出差。

英子一只手擎着打开的窗玻璃，站立了一会儿，牵拉起半身衣裾。她似乎有些迷惘，接着便低着头回到原处。

勤杂工手拿三四封信件走进来，英子接过来，放在信吾的办公桌上。

"又是遗体告别仪式，真烦人啊。这回是鸟山吗？"信吾嘀咕着，"今天下午两点，不知那位夫人怎么样了。"

对于信吾的自言自语，英子早已习惯了。她只是悄悄看着信吾。

"今天不能跳舞了，要去告别式，"信吾嘴巴微张，心情茫然地说，"这个人，碰到夫人更年期，受尽虐待。夫人不给他饭吃，是真的不给他吃啊。只有早饭还可以，能在家吃罢了出门，但她没给丈夫准备任何吃的东西带走。孩子的饭做好了，丈夫只能躲着老婆，偷偷摸摸吃。夜里怕老婆，不敢回家。每天晚上在街上闲逛，看电影，泡曲艺剧场,等老婆孩子睡着了再回家。孩子们都站在妈妈一边,一同虐待老爹。"

"为什么呢?"

"不为什么,只因为到了更年期啊。更年期的女人赛老虎!"

英子有几分被耍笑的感觉。

"可做丈夫的恐怕也有不对的地方吧?"

"当时,他是一位杰出的官员,后来进入民营公司。总之,告别式好歹能找寺社举办,看来是有相当的地位。他当官时并不奢华。"

"全家人都靠他养活吗?"

"那当然啦。"

"我真不明白呀。"

"可不,你们哪里会知道。五六十岁的堂堂男子汉,怕老婆,不敢回家,半夜里在外头到处转悠,这样的人不在少数。"

信吾回忆着鸟山的模样,可就是想不起来。说来有十年没见面了。

信吾思忖着,鸟山是否死在了自己家里呢?

四

信吾满指望在告别式上能遇到几个大学同学,烧完香在寺门前站了老半天,却一个同学也没见到。

和信吾差不多年龄的人都没来。

信吾想,自己莫非来晚了吗?

向里一瞅,排列在正殿门口的人们正散乱地走动起来。家属都在正殿内部。

夫人或许还健在。不出信吾所料,站在棺材前的瘦小女子,似乎就是她。头发染过,但未能持续很久,发根露出白色。

这位老妇为了看护久病不起的鸟山,没有空闲染头发吧,信吾低头向老妇方向致意时想到。当转身面对棺椁烧香时,口中犯起嘀咕:谁又知道事实如何?

也就是说,信吾登上正殿的台阶,向家属行礼期间,已悉数遗忘鸟山妻子虐待丈夫的事。面对逝者作揖行礼时,倒想起了这些事。信吾不由打了个激灵。

信吾走出正殿,一路上绝不朝家属席上的寡妇看一眼。

信吾内心"咯噔"一下,觉得自己的遗忘很离奇,并非因为鸟山及其妻子。他心情烦乱,沿着石板道往回走。

忘却和丧失,信吾走路时可以从后脖颈里感觉到。

知道鸟山和他妻子关系的人已经很少了。即使少部分知道的人活着,也已经失去了记忆,剩下的只有听任妻子随便回忆,没有真正为鸟山秉持公道的第三者。

信吾也参加过六七个老同学的聚会,即便谈起鸟山,也没有人当回事,只是大笑。一个提起这件事的汉子,讲话时始终带着谐谑和夸张的调子。

当时聚会的人中,有两个比鸟山死得早。

如今的信吾认为,妻子为何虐待鸟山,鸟山又如何被妻子虐待,恐怕连当事人鸟山和他妻子都不甚了了。

鸟山稀里糊涂踏上黄泉路，被留下的妻子也觉得，这些"过去"也随之变成没有鸟山的"过去"了。妻子也将稀里糊涂地死去。

在老同学聚会上谈论鸟山往事的汉子家里，听说传下来四五副古老的能面[1]。鸟山来时，汉子拿出能面给他看，他待在汉子家好半天没有离开。据那汉子说，鸟山初见能面，哪里会有什么兴趣，只因为妻子睡觉前他不敢回家，磨时间罢了。

如今的信吾思忖起来，这位年过半百的一家之主，每晚如此夜游不止，是否在深深思索着什么呢？

悬挂在告别式上的鸟山的遗照，似乎是在为官时代的某年正月或者什么节日时拍摄的。他身穿礼服，一张温和的圆脸，经过照相馆的修整，没有一片暗影。

鸟山这张温和的面颜，看起来十分年轻，同

---

[1] 日本古典戏剧能乐所用的面具。

棺材前的妻子很不协调。只会让人觉得妻子受鸟山折磨，看起来很衰老。

因为妻子身材矮小，信吾低头便能俯视到她那雪白的发根。她的半个肩膀也稍稍塌陷下来，给人憔悴不堪的感觉。

鸟山的儿女以及他们各自的家人，也都站在夫人一旁，信吾没有认真地朝那边瞧上一眼。

信吾站在寺门口等着，想着如果遇上老同学，不论是谁他都要问一句：

"你家里怎么样？"

倘若对方拿同样的问题反问他，他打算回答：

"以为总算平安无事地过来了，结果女儿、儿子家里反倒叫人不放心。"

就算如此交心，也无法获得对方任何帮助，自己也不愿增加这个麻烦。谈论一路，不过是最后走到车站，挥手告别。

不过，信吾指望的也仅是这一点。

"就说鸟山吧，他这么一死，被妻子虐待的事，不就留不下任何蛛丝马迹了吗?"

"鸟山的儿女家庭美满,就能证明鸟山夫妇获得了成功?"

"现今的世界,父母对于儿女们的婚姻生活,究竟负有怎样的责任呢?"

真想对老同学诉说一番啊,信吾嘀咕着。不知怎的,信吾的内心一时激动难平。

寺门屋顶,一群麻雀鸣叫不已。

雀群顺着庇檐画了一道圆弧飞上屋脊,再画一道圆弧飞走了。

五

从寺院回到公司,有两位客人在等他。

信吾叫人从身后的壁橱里拿出威士忌,倒进红茶,这样有助于恢复记忆力。

他一边接待客人,一边想起昨日早晨在家中看到的麻雀。

麻雀在后山脚下的芒草丛里。它们啄食芒草穗子，吃草籽，吃虫子。信吾正这么想着，忽然意识到，本来认为是麻雀群，其中也交混着画眉鸟。

信吾再次仔细看去，麻雀和画眉聚在一起，六七只一群，从一棵草穗飞向另一棵草穗。不管哪棵草穗，只要有鸟起落，都会大肆摇曳一阵子。

有三只画眉鸟。这种鸟老实，不像麻雀性子急躁，也很少飞来飞去。画眉羽翼闪亮，看胸间的毛色，像是今年新生的雏鸟。麻雀则显得有点灰不溜秋的。

不用说，信吾喜欢画眉，但正如画眉和麻雀的鸣声皆取决于脾性一样，它们的动作也因脾性各有不同。

麻雀和画眉会吵架吗？他观看了一会儿。

麻雀和麻雀呼叫交飞，画眉和画眉邀约聚集，自然有别，虽有时会合一处，也不见吵架的样子。

信吾很感动。那是早晨洗脸的时候。

刚才寺门外就有麻雀，他由此引起联想。

信吾送走客人,关好门扉,转过头来对英子说:

"你带我去修一情妇的家。"

信吾在和客人谈话的时候就打定了主意,英子却感到突然。她蓦然做了个反抗的表情,显得颇为扫兴,随即萎顿起来,生硬地问道:

"去那里,干什么呀?"她的声音很冷淡。

"不会给你惹麻烦的。"

"您要见她吗?"

信吾并未想到今天就去见那个女人。

"不能等修一君回来之后,一起去吗?"英子沉着地问。

信吾感到英子在讥笑她。

英子坐在车上,也是闷声不响。

信吾以为,自己仅仅羞辱英子,蹂躏一下她的感情,心里就很沉重。其实这也等于羞辱了自己和儿子修一。

信吾打算趁修一外出时解决问题,这并非空想。不过,也只能停留在空想上。

"我以为,要想找她直接说话,不如先和那位同居者聊一聊为好。"英子说。

"就是那位令你感觉很好的女子吗?"

"是的,我把她叫到公司来吧?"

"这个嘛……"信吾的话模棱两可。

"前不久修一君在她们家喝酒,喝得烂醉如泥,行为粗暴。修一君叫那女子唱歌,她就用甜美的嗓音唱起来,竟然把绢子小姐唱哭了。可见绢子小姐很听她的话呀。"

虽然叙述方式奇妙,不过,那个叫绢子的,看来就是修一的情妇。

信吾并不知道修一有那样的醉态。

他们在大学前下车,拐进小路。

"修一君要是知道这件事,我就不能来公司上班了,我就到这里吧。"英子低声说。

信吾不寒而栗。

英子站住不走了。

"转过对面一道石墙,第四户,挂着'池田'门牌的住宅。我就不进去了,她们认识我。"

"今天算了吧,麻烦你了。"

"怎么了?都走到这里了呀……只要能保您全家和睦,去一趟不也很好吗?"

信吾从英子的反抗中感到憎恶。

英子所说的石墙是一面水泥围墙。庭院里有一棵高大的红枫。拐过宅子一角,第四户,标有"池田"字样的小型老式宅第,没有任何特色。入口朝北,光线晦暗,楼上的玻璃窗关闭着,听不到一点动静。

信吾打门前走了过去,没有可看的地方。他一走过去,立即就泄气了。

那个家到底隐藏着儿子怎样的生活呢?信吾突然觉得再没有必要闯入这个家。他沿着别的路绕了个圈子,回到原地时,英子已经离去。走到下车的那条大道,也不见英子的影子。

信吾回到家中,感到似乎很难直视菊子的面孔,随口说道:

"修一在公司露了个面就走了。好一个晴天啊!"

信吾疲惫不堪,早早入睡了。

"修一向公司请了几天假?"保子在餐厅里问道。

"这个嘛。没问过他,只是叫他把房子领回来,也就是两三天吧。"信吾在被窝里回答。

"今天,我也来帮忙,吩咐菊子将棉被套上了。"

房子要是领着两个孩子回来,信吾想,菊子今后会更加劳累。

他在考虑让修一住到别的地方去。他联想到在本乡见到的修一情妇的家。

同时,他也想起英子的反抗。虽然她每日待在自己身旁,也不曾看到她如此爆发过。

菊子的爆发也尚未得见吧?保子曾经对信吾说起过,那孩子怕对公公影响不好,连吃醋也不敢明目张胆了。

不久,睡着了的信吾,又被保子的鼾声吵醒。他顺手捏住保子的鼻子。

保子像是一直醒着似的,说道:

"房子又会照样拎着包裹回来吗?"
"大概是吧。"
谈话到此中断了。

一

岛
梦

一

地板下的野狗生小狗了。

"生"这个词有点冷漠,但对于信吾一家来说,确乎如此。狗在地板下产崽,家里人谁也不知道。

"妈妈,阿辉昨天今天都没来,是不是生了呀?"七八天前,菊子曾经在厨房里对婆婆保子提起过。

"可不,是没见到呀。"保子漫然地回应道。

信吾把脚垂到地炉内,沏上一壶玉露茶。自今年秋天起,他养成了每天早晨喝玉露茶的习惯,而且是亲自动手。

菊子一边准备早饭,一边谈论着母狗阿辉的

事,说到这里便不再说下去了。

菊子跪伏着将一碗味增汤放在信吾面前。此时,信吾倒着玉露茶问道:

"喝杯茶吧,怎么样?"

"好的,那我不客气了。"

这是从未有过的事,菊子重新坐正身子。

信吾望着菊子,说道:

"腰带和羽织外褂都印着菊花,菊花盛开的秋天过去了。今年因为房子的事,把你的生日都给忘记了。"

"腰带画着四君子呢,一年四季都好穿。"

"什么叫四君子?"

"梅、兰、竹、菊……"菊子高兴地列举着,'爸爸,您肯定也在什么东西上看到过,绘画中也有,和服上经常使用。"

"这些花纹真是不厌其烦啊。"

菊子放下茶杯,说:

"很好喝。"

"喏,作为香资的回礼,不知是谁家送了这包玉露茶。这就又喝起来了。过去我喝了不少玉露。粗茶可是入不了口的。"

那天早晨,修一先出门到公司上班去了。

信吾在门厅里一边换鞋子,一边回忆寄来玉露茶的朋友的名字。他完全可以问菊子,但终于没有开口。那位朋友带一个年轻女子住温泉旅馆,突然死在那里了。

"对啦,阿辉不来了吗?"信吾问。

"是的,昨天和今天都没来。"菊子回答。

有时候,听到信吾出门的响声,阿辉就转到门厅里来,一直跟着他到门外。

信吾想到,最近有一次,菊子在门厅抚摸阿辉的肚子。

"好怕人呢,肥嘟嘟的肚子……"菊子蹙起眉头,却依旧在探摸胎儿。

"几个崽?"

阿辉倏忽白了菊子一眼,接着就横躺下来,仰起腹部。

阿辉的肚子并不显得很肥胖,还没有让菊子

感到恶心的程度,只是皮肤略微变薄的下腹部,变成淡红色。乳房下积满了污垢。

"有十个乳头?"

菊子这么一说,信吾便用眼睛数着。最上面的一对乳头,细小而又干瘪。

阿辉虽然是家犬,挂着狗牌,然而主人不太悉心喂养,终于沦为野狗。它常在主人家周围邻居的厨房门口转悠。菊子早晚在残羹剩饭里给阿辉留一些,这之后,阿辉待在信吾家的时候也渐渐多起来了。有时半夜听到庭院里的狗叫,使人感到狗已经安居在家。可是菊子还未把阿辉当成自家的狗。

还有,狗下崽,总是回到主人家去。

因此,菊子所说的昨日今日没来,指的是狗这次也回到主人家下崽的事。

产崽要回到主人家,信吾觉得很可怜。

但这次是在信吾家地板下边产崽的。十多天了,没人发现。

信吾和修一从公司下班回家。他们一回来,

就听菊子说：

"爸爸，阿辉在家里下崽了呢。"

"是吗？在哪儿？"

"女佣房间的地板底下。"

"唔。"

家里没有女佣，三铺席的房间被用作仓库，堆放着各种杂物。

"阿辉钻到女佣房间地板下面了，我瞅了瞅，好像有狗崽。"

"嗯，几只？"

"黑漆漆的，看不清楚，是在很深的地方。"

"是吗？看来是在家里产崽的。"

"妈妈说过，之前阿辉动作奇怪地围着储藏室打转转，似乎在掘土，看来是在寻找产崽的地方。要是铺些稻草进去，阿辉也许会在储藏室里产崽的。"

"等小狗长大了就难办啦。"修一说。

信吾对阿辉在家中下崽抱着好意，但一想到处理这些野狗的后代又很困难，立即厌恶起来。

"听说阿辉来家里产崽啦。"保子也说道。

"可不是嘛。"

"女佣房间地板下边啊,就那里没人,阿辉倒是想到了。"

保子坐在地炉里,皱着脸皮,仰头瞧了信吾一眼。

信吾也坐进地炉,喝口粗茶,对修一说:

"哎,有一次,你说过谷崎要给咱介绍女佣,怎么样了?"

信吾又亲自倒了第二杯粗茶。

"那是烟灰缸,爸爸。"修一提醒道。

信吾弄错了,他把茶倒进烟灰缸里了。

二

"我终是老了,没登富士山,就老了。"信吾在公司里嘀咕着。

虽说是突然冒上来的一句话,但颇有意味,

他反复念叨。

或许因为昨夜做了松岛的梦,所以浮现出这句话来。

信吾没有去过松岛却做了身处松岛的梦,今早觉得挺奇怪的。

而且到了这把年纪,他才发现竟然连日本三景中的松岛和"天桥立"都没有去过。信吾只去过一处安艺的宫岛,那是冬天,为公事到九州出差,回来时路过,便下车去看了看。

到了早晨,梦只留下了断片,但是岛上松树和大海的颜色依然鲜明。很明显,那里就是松岛。

在松荫下的草地上,信吾拥抱一个女子,颤抖地躲藏起来,远离了同伴。女子非常年轻,是个姑娘。他不知道自己多大年龄,但既然能和女子在松林间奔跑,想必自己也很年轻。他抱着姑娘,感觉不到年龄差,自己似乎还是个青年。不过,他不觉得这梦象征着返老还童或往昔之事,而是六十二岁的自己在梦中焕发了二十岁的活力。这就是梦的奇妙之处。

同伴的汽艇驶入远海。那艘船上,站立着一位女子,不住挥动着手帕。对那块海蓝色中的纯白手帕的印象,直到梦醒后还很鲜明。信吾就要和身边女子一起留在小岛上了,但他丝毫没有感到不安。在信吾看来,他能看见汽艇,但从汽艇上却看不见信吾他们隐藏的地方。他想的只是这些。

梦见白手帕时,他醒了。

早晨起床后,他不知自己抱着的女子是谁。既没有面孔,也不见身影,更没有留下触感。只有景色是鲜明的。然而,他还是不明白那里为何是松岛,又为何会做起身处松岛的梦。

信吾既没有去过松岛,也没有乘汽艇登上过无人小岛。

梦里有颜色,是不是神经衰弱引起的?信吾本想问问家里人,但终于没有说出口。梦中同女人相拥,很是可厌,不过那时的自己保持着衰朽容貌而重焕青春,浑然天成。

梦中时光的奇妙,多少给信吾一些慰藉。

那女子是谁呢?要是知道了她的身份,时间的奇妙之感或许也可以得到解答,他在公司里一根接一根抽着烟思考。这时有人轻声敲门,门开了。

"早啊,"铃本走了进来,"以为你还没来呢。"

铃本摘掉帽子,挂在那里。英子连忙走过来想接外套,但铃本没脱,就那么坐在椅子上。信吾看着铃本的光头,觉得很滑稽。铃木耳朵上边多了老人斑,脏兮兮的。

"一大早,来干什么呢?"

信吾强忍着没笑,看看自己的手。信吾的手背到手腕子周围,因岁月变迁,也渗出了一层淡淡的老人斑。

"水田君到西天享福去啦……"

"啊,水田!"信吾想起来了,"对,对,是水田作为香资回礼送的玉露茶。使我从此恢复喝玉露的老习惯。他家送的是上等玉露。"

"玉露很好喝,水田君上西天也令人向往啊。不过,虽然时常听说那种死法,但没想到水田会那样死去啊。"

"唔?"

"不是很叫人羡慕吗?"

"像你这样又胖又秃,很有希望啊!"

"我的血压不怎么高。听说水田害怕脑出血,不敢一个人在外头过夜。"

水田猝死于温泉旅馆。举行葬礼时,老同学们都犯嘀咕,说他到西天享艳福去了。水田的死为何会引起这种联想呢?或许因为他带着一个年轻女子吧。其后想想,多少有些怪诞。不过在当时,大家都满怀好奇,等着看那女子会不会来参加葬礼。有人说,那女子将终生后悔。也有人说,假若她真心爱这男的,倒也心甘情愿。

如今,这些六十多岁的人,大多是大学时代的同学,书生意气、天南海北瞎扯一通,在信吾眼里,也是老丑的表现。即便是现在,彼此间也还在用学生时代的诨号和爱称称呼对方。知道相互间的青春时光,不仅包含亲密与怀念,同时也流露出一种对于老朽的自私世故的厌恶。水田将先前死去的鸟山当作笑料,水田的死又被别人当作笑料。

铃本在葬礼上大谈极乐往生,信吾想到此人将来如愿以偿时的死法,感到不寒而栗。

"不过,这把年纪,太难看啦!"信吾说。

"是啊,我们都已经不会再梦见女人啦。"铃本平静地说。

"你登过富士吗?"信吾问。

"富士?富士山吗?"铃本露出不解的神色,"我没登过,怎么啦?"

"我也没登过。没登富士山,终于已老去。"

"什么?带有什么淫荡意味吗?"

"胡说!"信吾大笑起来。

在门口附近的桌子边摆弄算盘的英子,也偷偷笑了。

"这么说来,一辈子没登过富士山,也没看过日本三景的人格外多。日本人中登过富士山的人占百分之几呀?"

"啊,不到百分之一吧?"

铃木又把话头转回来。

"这么说来，像水田这般幸运的人真是数万分、数十万分之一啊。"

"就像中了头彩，可家属不会高兴的。"

"嗯，其实，我要说的就是家属的事。水田的妻子来找我了，"铃木一本正经起来，"她来托我办好这样一件事。"

铃木说着，顺手解开桌上的包裹。

"是能面，能乐演员戴的面具。水田的妻子打算把这能面卖给我。我带来给你看看。"

"我对能面一窍不通，正如日本三景，明知道在日本，就是没去看过。"

有两个能面盒子。铃木从袋中取出能面来。

"这是慈童[1]，那个是喝食[2]。两个都是孩子。"

"这个是儿童吗？"

信吾拿起喝食的能面，捏住贯通两耳的纸绳

---

[1] 能面之一种，用于品格高尚的童子或者平家子弟。

[2] 能面之一种，用于喝食行者的少年角色。喝食指在禅寺中向僧人报告饭菜种类及进食方法的沙弥。

瞧着。

"画有刘海,梳成银杏鬟。是元服[1]前夕的少年模样,笑起来还有酒窝呢。"

"唔。"信吾很自然地伸长双臂,对英子说,"谷崎君,那里的眼镜。"

"不,你呀,这样就行。能面,就要这样看,稍微伸长手臂,举得高一点。我们的老花眼看来反而距离正合适。就这样,使能面稍微低伏一些,光线黯淡些……"

"似乎像某个人物,富有写实性。"

让能面低伏,谓之"阴面",表现面含忧郁;眼睛上扬,谓之"明面",表现神色明朗……铃本如此说明道。左右摆动与否,意味着是否在使用中。

"多像某个人啊!"信吾又说一遍,"不像是少年,倒像是青年。"

"古时候的孩子早熟,能面里的所谓'童颜',只能增加怪诞之感。请仔细看,这可是少年啊,

---

[1] 每年一月的成人式加冠典礼。

而据说慈童是妖精，象征着永恒的少年。"

按照铃本所说，信吾转动着慈童的能面观看。

慈童的刘海就是河童的秃顶式刘海。

"怎么样？收下吧。"铃本说。信吾将能面放在桌子上。

"她是托你的，还是你买吧。"

"嗯，我也买了，其实水田妻子拿来五副，我留下两副女面，推给海野一副，也请你来买。"

"什么，原来是挑剩下的？自己先拣女面留下买，好自私啊！"

"你以为女面好？"

"好是好，没有啦。"

"那这样，我那两副给你，你能买下，就是帮了大忙。水田那种死法，我一见到他老婆，就觉得她很可怜，拒绝不了啊。其实啊，比起女面，不是这个工艺精湛、永恒的少年更好吗？"

"水田死了，经常在他家观看这些能面的鸟山，也在他前头死了。很不祥啊。"

"但这副慈童可是永恒的少年，不好吗？"

"你参加鸟山的告别式了吗?"

"我有事,没能去。"

铃本站起身来。

"好吧,先放在你这里,慢慢看吧。你要是不满意,转让给谁都可以。"

"满意不满意,都与我无缘。再好的能面,脱离了能乐,由我们至死都一直收藏在家里,岂不失去了生命吗?"

"好了,别说啦。"

"多少钱?贵吗?"信吾紧接着追问道。

"啊,为了防止忘记,我叫夫人写在纸卷上了。大体就是那个价格,或许还可以再便宜些。"

信吾戴上眼镜,准备打开纸卷观看,不想眼前一亮,慈童的毛发和嘴唇线条显得十分优美。他不由惊叫起来。

铃本走了之后,英子挨近桌边来。

"很好看吧?"

英子默默点点头。

"戴在脸上试试看。"

"哎呀,我吗?挺滑稽的,穿着西装呢。"英子说。信吾正要把能面拿走,英子亲手贴在脸上,将绳子系在脑后。

"轻轻地摇动一下。"

"好的。"

英子娉婷而立,戴着能面,做出各种动作。

"很好,很好。"信吾脱口而出。只是稍稍动了一下,能面就活了过来。

英子穿着紫红色西装,波浪卷的头发披散到能面两侧,紧凑而又可爱。

"可以了吗?"

"啊哈。"

信吾立即叫英子去购买能面入门书。

三

喝食和慈童的能面上都有作者的名字。查了一下书,虽然不是上溯至室町时代的古能面,却属于仅次于此的名家之作。信吾虽说是第一次将能面捧在手中观察,却也认为并非赝品。

"哎呀,好可怕。什么呀?"保子带上老花镜瞧着能面。

菊子偷偷笑起来。

"妈妈,戴着爸爸的眼镜,看得清楚吗?"

"啊,老花镜啊,不讲究的。"信吾代替回答,"不论借谁的,都能凑合着用。"

保子戴的正是从信吾口袋里掏出的那副眼镜。

"一般都是当家的最先花眼,可咱家老太太毕竟大一岁呀。"

信吾今日心情特别好,外套都没脱,就把腿伸进地炉里了。

"眼花了,最要命的是吃东西看不清楚。端上来的饭菜,稍微下点功夫烹制的,有时根本分不出来哪个是哪个。刚开始老花眼时,捧起饭碗,米饭白茫茫一团,一粒一粒分辨不清,吃起来也不香。"信吾嘴里说着,眼睛却一直出神地瞧着能面。

然而，他注意到菊子已经把和服放在他膝盖旁，等待他换衣服。此外，他发现修一今天又没回家。

信吾站起身，一边换衣服，一边俯视着地炉上的能面。眼下，他也是为着避免瞧看菊子的脸。

菊子打刚才起就没有凑过来看能面，而是慢腾腾地收拾着西装。或许因为修一没有回家的缘故吧。信吾想到这里，心头罩上一层阴影。

"总觉得好恶心呢。很像人头啊！"保子说。

信吾坐回地炉里。

"你看哪个好啊？"

"当然这个好，"保子随即回答，并把喝食能面捧在手里，"简直就像活人。"

"唔，是吗？"

信吾对保子的立断感到扫兴。

"作者各异，时代相同，都是和丰臣秀吉同时代的人。"他说着，随即把脸凑进慈童能面的正上方。

喝食是男人脸孔，眉毛也有男性特征。慈童

是中性的,眉眼开阔,眉毛宛如新月,秀媚婉丽,近乎少女。自正上方凑近了看,少女般美艳的肌肤,在信吾的老花眼里,经过柔化与缓解,具有了人体的温润,能面似乎活了、笑了。

"啊!"信吾倒抽一口凉气,再把脸靠近,距离能面三四寸。活的少女微笑起来,那是何其优美而清纯的微笑啊!

眼睛与口唇确实活了。空阔的眼眶深藏着黝黑的眸子,茜红色的樱唇看起来优美、水润。信吾屏住呼吸,鼻尖将要触到时,能面黑幽幽的瞳孔自下向上浮动,下唇的唇肉鼓胀了。信吾差点吻了上去。他深深舒了口气,抬起面孔。

脸一旦离开,刚刚的一切便如同谎言一般。他喘了好一阵子粗气。

信吾默然不语,将慈童能面装进袋子,红底金襕的袋子。他把喝食的袋子交给保子。

"装进去吧。"

信吾仿佛看到,颜色古雅的口红,自唇际下缘向内渐次淡薄,直至慈童下唇深部。秀口微启,下唇不见齿列,朱唇犹如雪_蓓蕾。

贴近脸孔观察,对于能面是不应有的邪道。这种观赏方法不曾为能面匠人所想到吧?能乐舞台上,保持适当距离观察时,能面最富活力。但如今,即使通过极端的近距离观察,仍然能感觉到最充沛的活力。信吾以为这或许就是能面匠人的爱的秘密。

这是因为信吾感受到一种生来的"邪恋"而引起的激动。那能面似乎较之人间女子更为妖艳,或许是自己老花眼的缘故。想到这里他差点笑了。

不过,梦中同姑娘相拥,喜欢带着能面的英子,几乎和慈童接吻……信吾思索着,这一连串艳举,莫非意味着自己内心有某种情思闪烁不已?

信吾自从花眼之后,不曾同年轻女子脸磕着脸过。对于老花眼来说,这又会具有朦胧的轻柔意趣吗?

"这具能面啊,乃是作为香资还礼寄来玉露茶叶的水田家的藏品。水田,就是那个猝死在温泉旅馆里的。"信吾对保子说。

"真可怕呢。"保子重复道。

信吾把威士忌倒进粗茶里喝着。

菊子在厨房切葱花,准备做鲷鱼火锅。

四

年末二十九日清晨,信吾一边洗脸,一边看着阿辉带领一窝小狗到太阳地里晒太阳。

小狗从女佣房间地板下爬出来了,可不知是四只还是五只。菊子动作麻利地一手抓住一只爬出来的小狗,抱回家里。被抱起来的小狗也十分驯顺,但一见人就逃回地板下边。它们不会结成群到院子里来。所以,菊子一会儿说四只,一会儿又说五只。

早晨阳光下,这才看清楚小狗是五只。

从前信吾看到麻雀和画眉鸟混合结群,也

在同一座山脚下。战争期间,他们将挖掘防空洞的泥土堆起来种菜。现在成了动物晒太阳的地方了。

被画眉鸟和麻雀啄食过穗子的芒草虽然干枯了,但依然坚挺地保持着原形,在山脚下遮掩着隆起的土堆。聪明的阿辉在土堆上选择了一块长满细柔杂草的地方。信吾看了感叹不已。

趁着人们起床前,或者起来后忙于做早饭的时候,阿辉就把小狗们带到那块地方,一边在朝阳下晒太阳,一边给小狗们喂奶。悠闲地享受不被人类骚扰的短暂快乐。信吾想到这里,面对这一派小阳春景象微笑了。岁暮二十九日,镰仓向阳的地方一派小阳春。

然而,看着看着,五只小狗开始为争夺乳头撞突不已,前脚掌宛若水泵压挤乳汁,尽情发挥动物本能的力量。或许小狗们长大了,都可以爬上土堆了,阿辉也不愿意继续喂奶了。它要么使劲摇摆着身子,要么将腹部向下方耷拉。阿辉的乳房被小狗们的爪子抓伤了,露出一道道鲜红的血绺子。

阿辉终于站立起来，甩掉吃奶的小狗，跑下土堆。一只紧抓母体不放的黑色小狗，随之从土堆上滚落下来。

落差三尺的高度，信吾大吃一惊。谁知小狗竟安然无事，再次站立起来时，瞬间愣了一下，又立即开始走来走去，嗅嗅泥土的气息。

"好悬啊！"信吾想。这只小狗的长相，眼下虽属初识，但感觉上和以前所见一模一样。信吾思忖了好一会儿。

"可不是吗，这就是宗达[1]的画啊！"他自言自语。

"嗯，真了不起。"

信吾只看过宗达的小狗水墨画的照片，以为那是画家笔下定式的玩具般的小狗，没想到竟是栩栩如生的写实。他深为惊奇。如今所见黑色小狗的姿态之上，更增添了品格与优美，酷似那幅

---

[1] 俵屋宗达，生卒年不详，江户初期画家，琳派之祖。

画。

信吾认为喝食能面是写实的,像是某人。他综合起来思考着。

那位制作喝食能面的工匠和画家宗达是同时代人。

用现在的话说,宗达画的是幼小的杂种犬。

"来呀,快来看呀,小狗都出来啦。"

四只小狗缩起爪子,怯生生从土堆上走下来。

信吾静心期待着,但黑毛小狗和其他小狗再也呈现不出宗达绘画中的模样了。

信吾思忖,小狗变成宗达的绘画,慈童能面变成现实的女子,抑或这两件事的两种逆反也是一时偶然的启示吧。

信吾将喝食能面挂在墙上,慈童能面则被他秘密地藏在壁橱深部。

一经信吾呼喊,保子、菊子婆媳俩都到盥洗室里看小狗。

"怎么,你们洗脸时都没有发现吗?"信吾说道。菊子将手轻轻搭在婆婆的肩膀上,从后面窥探着。

"女人家一早都在忙活,对吧,妈妈?"

"是的呀,阿辉呢?"保子问,"阿辉的孩子们都像迷路或被丢弃的小狗,东一只,西一只,转来转去。它到底跑哪儿去了呢?"

"扔掉这些小狗时会舍不得啊。"信吾说。

"已经有两只要送人啦。"菊子说。

"是吗?有人要吗?"

"有呀,一家就是阿辉的主家,他们说想要只母的。"

"唔?阿辉变成了野狗,他们想要只小母狗当替代品呢。"

"好像是这样。"

接着,菊子先回答婆婆:

"妈妈,阿辉是到哪里吃饭去了。"

然后向公公解释道:

"提起阿辉,它可聪明了,邻居们都感到惊讶。它知道这些家庭吃饭的时间,到钟点就准时转到那里去。"

"嗯，是这样啊。"

信吾有些失望，最近喂它早饭和晚饭，本以为它会待在家里，原来是瞅准邻居家开饭时间，到那边加餐去了。

"准确地说，不是吃饭时，是饭后收拾的时候。"菊子加了一句。

"邻居们见面都说，你们家阿辉下崽了呀。他们还问起阿辉各种情况。我还给附近的孩子们看了阿辉的小狗崽呢，趁着爸爸上班的时候。"

"看来很受欢迎啊！"

"是啊是啊，有位夫人说得很有趣，她说，阿辉来你们家生小狗了，所以家里也将添人丁呢。阿辉是在为你家媳妇加油啊。不正值得祝贺一番吗？"保子这么一说，菊子飞红了脸，悄悄从婆婆肩头缩回了手。

"说些什么呀，妈妈！"

"她是这么说的嘛，我只是原样转达啊。"

"狗和人能一样吗？"信吾说。这话也说得很不妥当。

不料菊子竟然抬起低伏的脸孔：

"雨宫爷爷特别惦记阿辉，他们家来问了，说咱家能否把阿辉领过来饲养。老爷子那口气亲如家人，我也感到很为难。"

"是吗？领过来也没什么，"信吾回答，"他都来我们家这么说了。"

雨宫本是阿辉主家的邻居，由于事业失败，卖掉房子搬到东京去了。原有一对老夫妇寄居在雨宫家，帮助家里干点杂活，因为东京的房子过于褊窄，他们被留在镰仓，租了房子居住。附近的人都管这位老人叫"雨宫爷爷"。

阿辉和这位雨宫爷爷最亲密，搬进租赁的房子之后，老人还来探望过阿辉。

"我立即去跟老爷爷说，让他放心。"菊子说罢，趁机走开了。

信吾没有看菊子的背影。他的目光追踪着黑色小狗，随即发现窗户旁边倒伏着一大片蓟草，花已凋零，根茎也折断了，但蓟草依旧郁郁青青。

"蓟草的生命力真顽强啊！"信吾说。

一

冬櫻

一

除夕半夜里下雨了,元旦是雨天。

打今年起,改用满周岁的方式计算年龄,信吾六十一,保子六十二。

元日早晨,信吾本打算睡个懒觉,房子的女儿里子一大早在走廊上跑动的响声,把他惊醒了。

菊子已经起床了。

"里子,欢迎。一起烤杂烩年糕好吗?里子也来帮忙吧。"菊子说着,招呼里子到厨房去,不想让她在信吾卧室外的廊缘上跑来跑去。里子根本不听,还是吧嗒吧嗒地继续跑动。

"里子,里子!"房子在被窝里呼叫,里子也不肯回答母亲。

保子也醒了,对信吾说:

"下雨的元旦啊。"

"嗯。"

"里子起来了,房子还在睡,媳妇菊子不就得起来做事吗?"

当说出"不就得"这个词的时候,保子的舌头稍稍有些不灵活,信吾感到有些奇怪。

"我也很久没在过年时节被小孩子吵醒过了。"保子说。

"今后每天都是啊。"

"那也不一定,相原家没有走廊,来到咱们家觉得很新鲜,才会到处跑动的吧?等习惯了,就不会再跑了。"

"可不是吗?这样年龄的小孩子,就喜欢在廊子上玩耍。吧嗒吧嗒,那声音仿佛都被地板吸住了。"

"腿脚还不稳哩,"保子说着,侧耳细听里

子的脚步声,"里子今年本应该五岁了,突然变成只有三岁,真是莫名其妙。我们倒是不管算成六十四还是六十二,都没什么太大的不同。

"那也不见得。有些事很奇怪,比如我比你生月早,打今年起,有段时间是和你同岁的。从我生日到你生日这段时间里,我们的年龄是相同的,不是吗?"

"啊,是这样的。"保子也注意到了。

"怎么样,是一大发现吧?这可是一生的奇事啊!"

"是的嘛,不过即使现在同岁又有什么用呢?"保子嘀咕道。

"里子,里子,里子!"房子又在呼叫。

里子似乎跑厌了,回到母亲的被窝。

"脚不冷吗?"房子的问话听得清清楚楚。

信吾闭上眼睛。过了一阵子,保子说:

"那孩子在大家起床后,也到处跑跑就好了,等到大家都在,她就一句话不说,缠着母亲不放。"

老夫妻俩正相互探索着，看谁对这个外孙女更疼爱，不是吗？至少信吾觉得自己的一份疼爱被保子摸清了。或者说，信吾或许是在自己琢磨自己。

里子在廊子上吧嗒吧嗒奔跑的足音，虽然在没睡饱的信吾听来有些刺耳，但也不至于因此生气。不过，信吾并不觉得外孙女的足音舒缓轻柔，或许他的确少了一份亲情吧。

里子跑动的走廊上，仍是紧闭着的挡雨窗下一片晦暗，信吾并没有想到这一点。保子却立即感觉到了。这也是外婆对外孙女独有的一番悲悯。

二

房子不幸的婚姻也给女儿里子留下了阴影。信吾并非对此缺乏怜悯，但使他头疼的事太多太多了。他对于女儿婚姻的失败也无能为力。

一切都一筹莫展,信吾有些迷惑不解。

关于过门后女儿的婚后生活,父母的力量是有限的。事情闹到了不得不离婚的地步,女儿自己也无力挽回。

同相原分手、拖着两个女儿的房子,被父母接回身边,并不等于事情已经了结。房子既没有获得精神创伤的治愈,也没有建立起生活的根基。

女人婚姻的失败,真没有解决之法吗?

秋天,房子离开相原家,没有回到娘家来,而是回信州[1]老家了。乡下发来电报,信吾他们这才知道房子离家出走的经过。

房子被修一领回了娘家。在娘家住了一个月光景,房子说要找相原说个明白,就离开了家门。

本来是信吾或修一去同相原面谈为好,但房子听不进劝,她要亲自跑一趟。

保子叫她把孩子放在家里,房子歇斯底里地

---

1 即前文所说的信浓的别称。

咬住不放:

"孩子如何处置是关键问题,不知将来会成为我的孩子,还是相原的孩子。"

她走了,就再也没回来。

不管怎么说,到底是两口子之间的事,信吾他们不知道要静待几日才有结果,接着便是一连串不得安稳的日子。

房子杳无音信。

难道又老老实实回到相原身边去了吗?

"难道房子要这样一直拖下去?"保子说。

"我们还不是一直拖下去吗?"信吾回应道。夫妻俩都面带忧戚。

除夕那天,房子突然不知打哪儿回来了。

"唉呀,你怎么啦?"

保子怯生生地望着房子和孩子。

房子想折叠起洋伞,两手不住颤抖,伞骨似乎断了一两根。保子见了问道:

"下雨啦?"

菊子走下台阶,抱起里子。保子在儿媳妇菊

子的协助之下,正在向套盒里装炖杂烩。

房子是从厨房门进来的。信吾以为房子是来要零花钱的,但看上去又不像是。保子也擦擦手,走进餐厅,站在那里瞧着女儿,说:

"相原君他也真是,居然除夕夜把你赶出来了。"

房子没有吭声,只是流泪。

"这样也好,这回彻底断了缘份。"信吾说。

"可不是?哪有人过年时被赶出家门的呢?"

"我是自己出来的。"房子哭着回了一句。

"是吗?那就好,你是想回家过年,就回来了,是吧?我说话不当,向你道歉。好了,那件事等过年后再慢慢料理吧。"

保子说罢回厨房去了。

信吾一时对保子的话有些吃惊。他从中觉察出母亲对女儿的疼爱。

房子大年夜从厨房后门回到娘家来,里子在元旦早晨晦暗的廊缘上跑来跑去……对此,保子都寄予怜悯。尽管理所当然,但信吾也泛起疑惑,是否保子对他也有顾虑呢？

元旦早晨，房子睡到很迟，最后一个起床。

大家一边听着房子洗漱的声音，一边坐在餐桌边等着她。然而，房子化妆的时间同样很长。

修一闲着无事可做。

"喝屠苏酒之前，来杯这个。"修一在信吾的杯子里倒了日本清酒。

"爸爸的头白了大半了啊。"

"啊，到了我们这个年龄，一天里会猛增好多白发。岂止一天，有时瞅着瞅着，眼前的头发就白了起来。"

"果真这样？"

"是真的。你看！"信吾说着，稍稍伸过头来。

修一和保子两人看着信吾的头，菊子也极为认真地盯着公公的脑袋瞧。

菊子把房子的小女儿抱在膝上。

三

家里为房子和孩子们又增设了一处地炉,菊子坐到那边去了。

信吾和修一围着地炉饮酒,保子从一旁加入进来。

修一不怎么在家里饮酒,不过,碰上元旦,又逢雨日,喝得有些过量了。他顾不得父亲,只管自斟自酌,眼神也起了变化。

信吾听英子说过,修一在绢子家喝得烂醉如泥,叫绢子同室的女子唱歌给他听,惹得绢子哭起来。如今看到修一醉眼蒙眬,随即联想起这些事来。

"菊子,菊子!"保子在呼叫,"这里也放些橘子吧。"

菊子打开隔扇,拿来了橘子。

"哎,坐在这儿吧。他们父子俩也不说话,只顾喝闷酒。"保子说。

菊子迅即瞥了修一一眼,岔开话题:

"爸爸没有喝酒啊。"

"不,我略微思考了一下爸爸这一生。"修一嗫咕着,似乎话里带刺。

"一生?什么一生?"信吾问。

"说不大清楚,但硬要做出结论的话,到底是成功了还是失败了呢?"修一说。

"那种事,谁能搞得清楚……"信吾顶回去一句,"咳,今年过年,沙丁鱼干和鱼肉蛋卷的味道又回到战前水平,从这种意义上说,倒是成功低。"

"沙丁鱼干和鱼肉蛋卷,是吗?"

"是啊,不就是这些东西吗?你不是说略微思考了一下老爸这一生吗?"

"虽然我说的是'略微'……"

"啊,平凡人的一生,今年还活着,过年又吃上沙丁鱼干和鱼子酱哩。好多人不都死了吗?"

"那倒也是。"

"不过,父母这辈子成功或失败,好像也取决于孩子婚姻的成功或失败。对我来说,这一点就没办法做到了。"

"这是爸爸的实际体会吗?"

"别争啦,大年第一天,房子也在家里,"保子抬起眉头,小声说着,又问起菊子,"房子呢?"

"姐姐休息了。"

"里子呢?"

"里子和婴儿也都睡了。"

"哎呀哎呀,娘儿仨是在打瞌睡吧?"保子说着,心中"咯噔"一下,脸上露出天真的表情。

大门开了,菊子去张望,谷崎英子拜年来了。

"哎呀哎呀,这么大的雨。"

信吾大为惊讶。"哎呀哎呀"是模仿保子刚才的声调。

"她说不进来了。"菊子说。

"是吗?"信吾走向门厅。英子挽着外套站在那里,一身黑色天鹅绒服装,面孔修得颇为洁净,浓妆艳抹,腰肢紧束,姿态细巧玲珑。

她的表情有些拘谨,向信吾恭贺新年。

"这么大的雨,真是难为你啦。今天没有一个人上门,我也不打算外出了。天气很冷,进来暖和暖和吧。"

"啊,谢谢。"

英子冒着严寒风雨徒步而来,是特来诉苦的呢,还是真有什么事呢?信吾一时无法判断。总之,他只觉得,不顾风雨一路走来,实在够艰难的。

英子不想进家来。

"好吧,我也决心同你一道出去。既然一起外出,那就先进来坐着等我一会儿。板仓先生,就是前任总经理,每年元旦都要去见见面的。"

信吾今天一早就想到这件事,英子来了,他便下定决心,立即准备出行。

信吾一到门厅,修一一骨碌躺倒了,等到信吾回来换衣服,他又起来了。

"谷崎来了。"信吾说。

"哦。"

修一无动于衷,他不想见英子。

信吾出门时,修一抬起头,目送着父亲的背影,说:

"天黑以前务必回来。"

"哎,会早些回来的。"

阿辉在门口转悠。

小黑狗不知从哪儿跑过来,学着母狗,赶在信吾前头,摇摇摆摆向门外跑去。半个身子的毛发已经濡湿了。

"啊呀,怪可怜的。"

英子正要向小狗蹲下身子。

"家里生了五只小狗崽,有人要,送掉四只,就剩下这一只了,"信吾说道,"这一只也有了主儿。"

横须贺线列车内很空。

信吾望着车窗外横斜的雨脚,心想,这天气自己居然出来了。不知为何,他的心情很舒畅。

"每年,参拜八幡神社的人,几乎挤破车厢。"

英子点点头。

"对啦对啦,你是每年元旦都要来拜年的。"信吾说。

"是的。"

英子低俯了好一会儿身子。

"即使我不在公司了,到了元旦我还会来拜年的。"

"结了婚之后就不会再来喽,"信吾说,"怎么,你来不是有什么话要说吗?"

"没有。"

"尽管说吧。我头脑迟钝,有点痴呆。"

"什么痴呆呀?"英子冒出了句微妙的话,"不过,我打算辞去公司的工作。"

对此,信吾不是一点没有预感,但一时难以回答。

"这种事情,本来不该在元旦一早就提出来的,"英子的话很显老成,"改日再说。"

"是吗?"信吾心情沉重起来。

信吾忽然觉得,自己在办公室里使唤了三年的英子,转眼间变成了另外的女人,和平时明显不同了。

其实,信吾在平时并不曾仔细审视过英子,对于信吾来说,英子不过是个办事员而已。

但在这个瞬间,信吾自然感到要挽留英子。不过,英子原本也不受信吾制约。

"你要辞职,看来责任在我。是我让你领我到修一的女人家,使你感到厌恶,不愿在公司里再见到修一,对吧?"

"我是感到厌恶,"英子明确地说,"不过,回头想想,作为父亲,这本是理所当然的事。再说,我自己也不好,这我很清楚。我叫修一君带我去跳舞,兴奋起来又高高兴兴到绢子家里玩,这都是堕落的表现。"

"堕落?还不至于吧。"

"我学坏了,"英子悲戚地眯细了眼睛,"辞去公司的工作后,为了报答您多年的恩顾,我会劝说绢子小姐尽快离开修一君。"

信吾感到惊讶,心里痒痒的。

"刚才在门厅见到的,就是那位少奶奶吧?"

"你说菊子?"

"嗯,挺难为情的。我已下定决心,无论如何我都会去说服绢子小姐。"

信吾感觉英子说得轻飘飘的,自己的心情也随之轻松起来。

信吾忽然想,也许这种轻巧的办法,并非不能解决问题。

"不过,我拜托你去做这种事,总有些不合规矩。"

"我是为了报恩,心甘情愿。"

英子凭借小嘴说着大话,信吾一时感到有些难为情。他真想说,你别再多管闲事了。

不过,英子似乎被自己的"决心"感动了。

"有那样一位漂亮的太太,男人的心事真是摸不透。我看到他和绢子小姐调情,就感到嫌恶。可他要是和夫人再怎么亲密,我也不会嫉妒的,"英子说,"不过,引不起别的女子嫉妒的太太,是无法让男人满足的吧?"

信吾只是苦笑。

"他常说,夫人还是个孩子,是个孩子。"

"对你这么说呀?"信吾尖声地问。

"是啊,他对我、对绢子小姐都这么说……他说,因为是孩子,老爷子很满意。"

"混账!"

信吾不由得看看英子。英子有些慌乱起来:

"不过,最近倒没说。他近来不再提及夫人了。"

信吾似乎气得哆嗦起来。他觉察到,修一指的是菊子的身子。

难道修一希望新娘是个妓女吗?简直是惊人的无知!信吾认为,其中暗含着精神上的可怕麻木。

修一竟然将妻子的事告诉绢子和英子,其原因也来自于缺乏谨慎的麻木不仁。

信吾觉得修一太残忍了。不光是修一,绢子和英子对菊子也一样残忍。

修一未曾感受到菊子的纯洁吗?

作为父母最小的女儿,身材修长、皮肤细白

的菊子,那副天真烂漫的面孔,随即浮现于信吾的脑际。

为了这个儿媳妇,从感觉上憎恨儿子,虽说有点异常,但信吾本人对此无法抑制。

信吾因为向往保子的姐姐,那位姐姐死后,便同比自己大一岁的保子结为夫妻。这种异常感,抑或将贯穿他的整个生命,直至底层,他将为菊子忧愤终生。

修一过早有了另外的女人,看菊子的表现,似乎对什么是嫉妒也还茫然不知。然而,正是因为修一的麻木与残忍,反而催发了菊子作为女人的情欲。

信吾认为,比起菊子,英子更是一个发育不健全的姑娘。

信吾随即沉默不语了,或许是内心的惆怅压抑了自己的愤怒。

英子也一声不响地脱去手套,理了理头发。

四

热海旅馆的庭院里,一月中旬,樱花盛开。

所谓"寒樱",是指年末开始绽放的樱花。信吾觉得,仿佛另一个世界的春天来到了。

信吾将红梅错看成绯红的桃花,将白梅当成杏花或别的什么花。

他被领入房间之前,已被泉水映照的樱花吸引,走向对岸,站在桥上观赏起来,又到对岸观赏伞状红梅。

三四只白鸭从红梅树下逃出,信吾也从鸭子鹅黄的嘴巴以及赭红的脚蹼上感受到了春天。

为了做好明日接待公司客户的准备,信吾事先前来和旅馆商量一下,并无其他要事。

信吾坐在走廊的椅子上,眺望着满院花朵。

白色杜鹃花也开了。

十国岭飘来浓黑的雨云,信吾回到房间。

桌子上放着两种计时器:怀表和手表。手表快了两分钟。

信吾时时记挂着,两种表很少走得完全一致。

"要是不放心,干脆只带一只表不就行了吗?"经保子这么一说,信吾也觉得有道理,但这是常年的习惯。

晚饭前起,暴风挟大雨袭来。

因为停电,他及早睡下了。

醒来时,院子里有狗吠。排山倒海般的风雨之声大作。

信吾的额头渗满汗水,室内犹如刮起春季海达钓风暴,空气混浊、凝重又湿热,难于入眠。

他开始深呼吸,突然感到吐血似的不安。花甲之年,他一度吐过少量的血,其后再没有吐过。

"不是胸口,是反胃干呕。"信吾自言自语。

那令人生厌之物拥塞耳内,沿着两侧的太阳穴,聚集在额头。信吾揉着脖颈和前额。

山间风暴宛若海啸,这响声和风雨的嚎叫一同袭来。

暴风雨声音的底层有自远方传来的轰鸣之

音。

　　那是火车通过丹那隧道的响声，信吾心里明白，肯定没错。火车钻出隧道时，鸣响了汽笛。

　　然而，听到汽笛后，信吾蓦地感到害怕起来，睁大了眼睛。

　　那响声实在太长。火车穿过七千八百米长的隧道，要花去七八分钟。火车从对面洞口一进来，信吾仿佛就听到了响声。不过，火车刚刚进入对面函南洞口的一刹那，距离这边洞口七百米远的热海旅馆，果真能听见隧道里的声音吗？

　　在信吾头脑里，确实同时感受到了隧道的响声与穿过一片黑暗的火车。从对面洞口到这边洞口，在这段时间里，他一直连续不断地感受着奔驰的火车。当火车驶出隧道时，信吾才放下心来。

　　然而，何其怪哉，信吾想，明日早晨先询问旅馆的人，再给车站打电话弄清真相。

　　他好一阵子没能入睡。

　　"信吾先生，信吾先生！"信吾于梦中朦胧听到呼叫他的声音。

这样的呼叫，只能来自保子的姐姐。

信吾被魇住一般从美梦中醒来。

"信吾先生，信吾先生，信吾先生！"

这喊声来自后窗下，是谁偷偷走到那里呼叫的。

信吾猛然睁开眼睛。后窗外的小河水声哗然。传来孩子们的叫喊。

信吾起来，打开后面的挡雨窗，向外看看。

朝阳明丽。冬日早晨的阳光，犹如经过春雨滋泽，暖洋洋的。

小河对面的路上，七八个去上学的小学生一同走着。

方才的喊声，莫非就是孩子们相互呼唤的声音吗？

信吾将上身探出窗外，目光透过小河此岸的竹丛，仔细地搜寻着。

一

晨水

一

　　元旦那天,儿子修一说,父亲的头发大都变白了。信吾回答儿子道,到了我们这把年纪,一天增添好多白发。何止一天,有时眼见着头发转瞬就白了。那是因为信吾想起了北本。

　　说起信吾上学时候的同学,现都已年过花甲。从战争过半时起,到战争失败,命运多舛者不在少数。由于五十岁以上的人大都已身居高位,一旦跌落即是一落千丈,再也无法站起来。很多这个年龄段的人的儿子死在了战火之中。

　　北本失去三个儿子,公司的业务转向为战争服务时,北本成了无用之人。

"听说他对着镜子拔白头发,拔着拔着就疯了。"

一位老朋友来看信吾,提起了北本的这则传闻。

"北本不去公司,在家里闲得无聊,为了解闷,就拔白头发。起初,家里人也不当回事,觉得白头发也还没那么惹眼……但是北本每天蹲在镜子前边,昨天刚拔过的地方,今天又长出来了,实在是多得拔也拔不净啊。日复一日,北本在镜子前边越待越久了,一看他不在,就知道他在镜前拔白头发呢。稍微离开镜子一会儿,他又急急忙忙回到那里,继续拔白发。"

"那么说,头发全被拔光喽!"信吾笑了。

"你别笑,这可不是笑话。说得对,头发一根没剩下。"

信吾笑得更欢了。

"瞧你,我可不是说笑话啊。"朋友和信吾对望着,"听说,拔着拔着,北本的头就全白了。拔一根,旁边的两三根黑发很快也白了。北本一边用拔白发，一边用无可奈何的眼神对镜打量冒出更多白发的自己。头发明显变稀了。"

信吾忍住笑，问道：

"他老婆就默默允许他拔头发吗？"

朋友觉得这话问得实在多余，继续说道：

"眼看着头发所剩无几了，就连仅存的头发也都是白色的绒毛。"

"很疼吧？"

"你说是拔的时候吗？他怕拔掉黑发，所以一根一根地很小心，倒也不怎么疼。不过据医生说，像那样拔了头发后，头皮发紧，用手摸时会疼。虽说没出血，但没了头发的头皮红肿起来了。最终只好把他送到精神病院。听说，剩下的一点头发，在住院时也被北本拔掉了。好可怕呀，多么吓人的偏执症啊！他不愿老去，一心只想返老还童。到底是疯了后拔头发，还是拔头发拔疯了，那就不知道了。"

"最后不是好了吗？"

"是好了，真是奇迹啊，光秃秃的头上又长满了蓬蓬黑发。"

"好一个'天方夜谭'哩!"信吾又笑起来了。

"这是真的啊,"朋友没有笑,"疯子是没有年龄的,你我也一样,一旦发疯,或许会彻底返老还童。"

朋友说着,望望信吾的头。

"我是绝望了,你很有希望。"朋友的脑袋几乎全秃了。

"我也拔拔看吧。"信吾小声说。

"试试看,不过,你可能没那份热情拔到一根也不剩。"

"是没有啊,我不在乎白发。我也没有想长黑发想得发疯。"

"因为你有了一定的地位。你从数万人苦难的海洋中勇敢地游过来啦。"

"你说得简单。这不就等于对北本说'用不着拔掉白发,染黑了不就得了'吗?"

"染发是糊弄人。要是想糊弄,咱们身上可不会出现北本那种奇迹。"朋友说。

"北本不是死了吗?即便像你所说的出现奇迹,头发变黑,返老还童,也还是没能……"

"你去参加葬礼了没有?"

"当时不知道。战争结束,稍稍安定了之后才听说。纵然知道了,在空袭最频繁的时候,也很难去东京。"

"不是自然出现的奇迹就不会持续太久。北本拔去白发,或许是对年龄和悲惨命运的反抗,但寿命又是另一回事。虽然头发变黑了,但生命并未延续,甚至来了个逆转。白发之后生黑发,消耗完剩余的精力,缩短了寿命。不过,北本拼死完成的冒险,我们也不要小看。"朋友下结论之后,摇了摇头。他的脑门光秃秃,两边的头发像垂帘似的。

"眼下,不管见到谁都是一头白发。我们在战时也没有像现在这样,显然是战后变白了。"信吾说。

信吾对朋友的话并不全信,只当是风吹过耳罢了。

但是,其他人也提起过北本的死讯,这个没错。

朋友回去后,信吾独自回想着刚才的谈话,产生了奇妙的心理活动。北本的死既是事实,那么,此前的拔白发、长黑发也可以看作是事实。假若长黑发是事实,此前的北本发疯也应该是事实。假若发疯是事实,此前北本将头发拔光也应该是事实。假若将头发拔光是事实,那么北本对镜时头发已变白,也可能是事实。如此看来,朋友的话全都是事实,不是吗?信吾想到这里,心里猛然一惊。

"忘记问他了,北本死时是怎样的呢?头发是黑的还是白的?"

信吾说着笑了。他的话和笑都没有发出声音,只有自己听得到。

就算朋友的话全是事实,没有一点夸张,却还是带有嘲弄北本的口气。老人一旦谈起已逝的其他老人,总是轻薄而又残酷。信吾总觉得不是滋味。

信吾的同学当中，非正常死去的除了北本，还有水田。水田同年轻女子一起住进温泉旅馆，猝死在那里。去年岁末，信吾经人介绍买了水田的遗物能面。为了北本，信吾介绍谷崎英子进入公司。

水田是战后去世的，信吾也去参加葬礼了。但是，北本死在空袭频繁的时期，是后来才听说的。谷崎英子拿着北本女儿的介绍信到公司来时，信吾才得知，北本的家属被疏散到岐阜县，并且一直住在那里。

听说英子是北本女儿的同学。不过，北本女儿介绍这位同学到他公司就职，信吾总觉得有些突然。信吾没有见过北本的女儿。英子说，战争期间她也没见过北本的女儿。在信吾眼里，这两个姑娘都有些轻薄。倘若北本的女儿跟母亲商量，使北本夫人想到了信吾，那夫人亲自写信来就好了。

信吾不太相信北本女儿的介绍信，等见到被介绍来的英子，又觉得这女孩子体质孱弱，心性轻薄。不过，他还是让英子进了公司，就留在自己的办公室。英子工作三年了。

三年时光不长，但信吾觉得，对于英子来说，干得已经够长久了。这三年之间，英子跟修一一起去舞厅，倒也不算什么，但她竟然出入于修一情妇的宅邸。另外，信吾还叫英子带路，去看过那个女子的家。

所有这一切，都给此时的英子留下苦涩，她对公司也厌倦了。

信吾不曾同英子谈起过北本的事，英子也不知道同学父亲发狂而死。她俩虽说是同学，但还没有热络到互相到家里来玩的程度。

信吾把英子看作个轻佻的姑娘，然而，英子一辞去公司工作，信吾觉得她还是有些良心和善意的。在信吾看来，这种良心与善意，来自未婚女子的那份清纯。

二

"爸,您起得挺早啊。"

菊子把自己打算用来洗脸的水放掉,又为信吾重新打好了洗脸水。

鲜血滴滴答答落到水面上,在水里扩散开来,变薄了。

信吾立即想到自己轻度的咯血,但这血更加红艳。他以为菊子咯血了,原来是鼻血。

菊子用毛巾捂住鼻子。

"仰起身子,仰起身子。"信吾环住菊子的后背,菊子一时想躲开,向前低俯着。信吾挽住她的肩膀,向后拉着,将手伸向菊子的前额,让她将身子后仰。

"哦,爸爸,没关系的,对不起。"

菊子说话的当儿,鲜血顺着手掌一条线流到胳膊肘上。

"别动,蹲下来,躺下吧。"

菊子在信吾的扶持下,就地缩起身子,背倚

墙壁。

"躺下吧。"信吾重复了一句。

菊子闭起眼睛,一动不动。失去血色的白皙脸庞上,露出一副孩子般对什么都无可奈何的表情。刘海下浅淡的伤痕,引起了信吾的注意。

"还流吗?要是不再流血了,就回卧室休息吧。"

"嗯,已经没事啦。"菊子用毛巾揩拭鼻子。

"那个洗脸盆脏了,我现在来洗洗。"

"哦,没关系。"

信吾连忙把洗脸盆里的水放掉,他想,水底下似乎溶化了一层薄薄血色。

信吾没有用洗脸盆,他用手掌捧着水龙头的流水洗了脸。

信吾本打算叫醒妻子,让她帮帮菊子。然而又想,菊子或许不想让婆婆看见自己痛苦的样子。

菊子的鼻血流得很突然,信吾感到菊子的一腔痛苦仿佛一下子喷射出来了。

信吾在镜前用梳子梳头时,菊子打背后经过。

"菊子。"

"欸。"她回头看看,径直向厨房走去。她用火铲盛来炭火,信吾看到火苗炸裂的情景。她把用煤气点燃的炭火,放进餐厅的地炉里。

"哦!"信吾几乎叫出声来,他自己都感到吃惊。他似乎朦朦胧胧忘掉了回娘家来的女儿房子。昏暗的餐厅的隔壁,睡着房子和两个孩子。挡雨窗没有打开来,所以显得昏暗吧。

为了给菊子找帮手,他也可以叫女儿起来,不一定非得喊醒老妻。可是,他打算叫醒老伴时,脑子里想不到房子,倒是奇怪的事。

信吾将双腿垂在地炉里,菊子走过来沏好热茶。

"头脑晕乎乎的吧?"

"有点。"

"还早呢,今天早晨休息一下吧。"

"还是活动活动的好,我去拿报纸,吹了吹冷风就好啦。都说女人家流鼻血,不用担心,"菊子语气轻柔,"今早也很冷,爸爸为何起得这么早呀?"

"我也不知为什么,寺钟敲响之前就醒了。那口钟无论冬夏都是六点钟响。"

信吾第一个起床,但比修一要晚些去公司,整个冬天都是如此。

吃午饭时,他招呼修一一起去附近的西餐馆。

"菊子额头受过伤,你知道吗?"信吾问。

"知道。"

"因为难产,医生下了产钳。那虽然谈不上是出生时留下的痛苦印记,但每当菊子伤心的时候,那伤痕似乎就很显眼。"

"今天早晨吗?"

"是的。"

"是因为流鼻血吧,脸色难看,伤痕也会突显出来的。"

菊子不知何时告诉修一她流了鼻血。信吾有

点摸不清情况,他问道:

"昨夜里菊子没有睡吗?"

修一皱起眉头,沉默了片刻,接着说:

"爸爸,您大可不必凡事都为外来人操心啊。"

"什么叫外来人?难道她不是你媳妇?"

"所以嘛,您对儿子的媳妇用不着如此操心。"

"你这是什么意思?"

修一没有回答。

三

信吾走进会客厅,英子坐在椅子上,另一个女子站立着。

英子也站了起来。

"好久不见,天气暖和起来了。"英子连声问候道。

"好久了,两个月了吧?"

英子似乎稍稍胖了些，搽了浓浓的胭脂与白粉。信吾想起只同英子跳过一次舞，当时觉得她的乳房只有巴掌大。

"这位是池田小姐，从前曾提到过……"英子一边介绍，一边眨着哭泣般的可爱眼睛。这是她认真时候的惯癖。

"啊，我姓尾形。"

信吾不好对女子说出"多亏你关照我儿子"。

"池田小姐说不想会面，也没有必要会面。她很不情愿，是我硬拉她来的。"

"是吗？"

接着，他转向英子：

"在这儿行吗？去哪里都可以。"

英子探询地看看池田。

"在这里，我没关系。"池田不客气地说。

信吾内心一阵困惑。

英子曾经说过，她要把和修一的情妇住在一起的同室女子带来见见面。不过，信吾听过就算了。

英子从公司辞职两个月后就践行了她的诺言，信吾实在有些意外。

莫非分手了吗？信吾只等池田或英子开口说话。

"英子再三劝我来一趟，我实在受不了她的唠叨，虽说见您也没用，可还是来了，"池田的语调里充满抵触，"不过，这回来访，是想告诉您一件事。以前我也劝过绢子小姐，还是同修一君分手为好。我想，这回见见父亲，请他协助早些分手，不也很好吗？"

"啊。"

"您对英子小姐有恩，她很同情修一夫人。"

"确实是位好夫人。"英子插嘴道。

"英子小姐也对绢子小姐这么说了，不过，当今的女子，很少会因为有位好夫人在就轻易放手。绢子小姐曾经对我说过：'我把别人的丈夫还回去，谁能把死于战争的丈夫还给我呢？只要他能活着回来，哪怕他在外头偷腥搞女人，我也由他去！丈夫爱干什么就干什么。池田小姐，你觉得如何?'同是在战争中失去丈夫的女人,我不得不认同她的想法。绢子小姐又说,我们的丈夫去打仗,我们还不是忍了?做了遗属的我们,又能怎么样呢?修一君到我这儿来,不必担心会死,我也不会伤着他,最后还不是放他回家了吗?"

信吾只有苦笑。

"无论夫人多么好,她的丈夫总还是没有战死啊。"

"啊,这话说得太粗暴啦。"

"嘻,这都是酒后失态,悲戚至极的哭诉……绢子小姐和修一君两个人喝得烂醉,她让修一回家后一定对夫人这么说:'你不曾经历过等待丈夫从战场归来的苦楚。你不过是在等一个一定会归来的丈夫。就这么跟她说。'我也是个战争遗孀,但我也怀疑,我们这些人的恋爱是不是有些恶劣之处呢?"

"啊,这话什么意思?"

"就说修一君吧,身为男子汉,喝醉酒也不能那样胡来。他对绢子小姐很粗暴,还罚她唱歌。

绢子小姐讨厌唱歌，没办法，有时只好由我小声哼哼着唱。如果不这样让修一君平静下来，就要闹得街坊邻里鸡犬不宁……我被迫唱歌，觉得受到了侮辱，十分苦恼。但我心想，这也不是发酒疯，说不定是一种在战地养成的怪癖。或许，修一君在某个战场上，也这样玩弄过女人。果真如此，修一君的狂态也使我看到自己战死的丈夫玩女人的那副样子。心中一阵紧缩，头脑一片茫然，不知为何，我也产生了错觉。仿佛自己就是丈夫的那位情妇。我唱着下流的歌曲，悲切地流着眼泪。后来，我对绢子小姐也说了。她说，这种感觉只限面对自己的丈夫时才会有。或许是这样的吧。打那之后，每当修一君逼我唱歌，绢子小姐就跟着一道哭……"

信吾面对病态的女子，袙色黯然。

"这种事情，为了你们自己，也应该尽早停止。"

"是啊，修一君回家后，绢子小姐曾经认真地跟我说，要是做这种事，我们会堕落的。既然如此，看来分手还是有好处的。不过,一旦分手,就会感到下次将彻底堕落下去。绢子小姐对这一点也很害怕。唉,女人嘛……"

"这件事,不要紧的。"英子从旁插了一句。

"是啊,一直都有好好工作,英子小姐也全都看在眼里。"

"嗯。"

"我这身衣服也是绢子小姐为我做的,"池田指着身上的西装,"她好像仅次于裁缝主任,店里对她也很器重。英子小姐拜托的事,一经她提出,店里立即就接受了。"

"你也在这家裁缝店上班?"信吾吃惊地看着英子。

"是的。"英子点点头,稍稍脸红了。

拜托修一的女人,和她入职同一家裁缝店,今天又领着池田找上门来,信吾闹不清英子的意图何在。

"我想,绢子小姐不太会在经济上为修一君添麻烦的。"池田说。

"这是当然的。提到经济方面……"

信吾几乎要发火,但他中途还是忍住了。

"我看到绢子小姐受到修一君欺侮,就经常劝她。"

池田低着头,两手扶在膝盖上。

"修一君也还是负伤归去了。他是心灵的伤兵。因此……"她仰起脸来,"不可以让他和您分开住吗?我经常这么想。如果他同夫人小两口一起过日子,不就会慢慢同绢子小姐分手了吗?我做了种种考虑……"

"是啊,想想看吧。"

信吾给了肯定的回答。他反驳颐指气使的来客,但自己也似有同感。

四

对于这位姓池田的女子,信吾不想托她办事,所以他没有多说什么,只管听对方滔滔不绝。

尽管信吾没有曲意奉承，但既然客人来访，总得推心置腹商谈一番才好，否则怎么知道人家的来意呢？她虽然该说的也都说了，但又好像是专为绢子讲情来的，不过或许还有其他目的。

信吾考虑着，要不要对英子和池田表示感谢。他对她俩的来访怀有疑惑，但也不便乱猜。

但是，信吾出于自尊心而不甘心受辱。回去的路上，他转到公司的宴会场，正要入席时，一个艺妓凑近他的耳畔小声嘀咕了一阵。

"说些什么呀？我耳朵聋，听不见。"他生气地说，随即抓住艺妓的香肩，又马上放开了。

"很疼啊！"艺妓摸摸肩膀。

信吾一脸不快。

"请到这边来一下。"艺妓的肩膀挨着信吾，将他带到廊缘上。

夜里十一点钟左右回到家里，修一还没有回来。

"爸爸回来了？"

餐厅对面的房间里，房子一边为小女儿喂奶，一边撑起一只胳膊肘,托起脑袋。

"嗯,回来了,"信吾望望那边,"里子睡觉啦?"

"是,姐姐刚睡下。里子刚才问我,一万元和一百万元哪个多呀?逗得大伙捧腹大笑。我对她说,外公马上回家来了,等会儿问问看吧。结果睡着了。"

"战前的一万元和战后的一百万元吧?"信吾笑了,"菊子,给我一杯水。"

"好的,要喝冷水吗?"

"井里的水,不放漂白剂的井水。"

"哎。"菊子觉得很稀奇,但还是去了。

"里子不是战前生的,那时我还没结婚呢。"房子躺在被窝里说。

"不管战前战后,还是不结婚的好。"

听到后院井水的响声,保子说:

"按压抽水机发出的嘎吱嘎吱声也变得充满寒意了。冬天里,为了给您沏茶,菊子一大早就嘎吱嘎吱地给您打水,那响声在被窝里也听得见,让人浑身发冷。"

"唔。告诉你,我正考虑叫修一和咱们分开住呢。"信吾小声说。

"别居吗?"

"那样更好些吧?"

"是啊,房子要是一直住下去……"

"妈妈,要是别居,我就出去住。"

房子起来了。

"我分开住,好吗?"

"同你没关系。"信吾说道。

"有关系,大有关系。相原骂我说'你父亲不疼你,才使你养成这副怪脾气'。他的话顿时堵在我的嗓子眼里,气得我说不出话来。我从来没有这样苦恼过啊!"

"嗐,你平静些,都三十岁了。"

"没有个平静的去处,平静不下来啊。"

房子掩上突露出来的肥白乳房。

信吾疲倦地站起身来。

"老太婆,睡吧。"

菊子端来一杯水,一只手拿着一枚大树叶。信吾站着喝完了那杯水。

"那是什么?"信吾问。

"枇杷的新芽。水井前一片莹白,飘浮在薄薄的月光里,隐隐约约的,不知是什么,原来枇杷的嫩芽长大了。"

"还是女学生的爱好呢。"房子讥刺道。

一

夜声

一

信吾在男人的呻吟声里醒过来了。一开始,他分不清狗吠与人声,还以为是狗的嚎叫。他想到阿辉或许就要死了,它是吃了下毒的东西被毒死的吧。

信吾的心跳即刻加快了。

"啊。"他按住胸脯,似乎要犯心脏病了。

他完全醒过来了。那声音不是狗吠,而是人的叹息。那人似乎被掐住脖子,牵拉着舌头。信吾一阵心寒,有人受害了。

"我听!我听!"似乎有人在喊叫。

是声音卡在喉管里的痛苦呼喊,几不成调。

"我听！我听！"

似乎是被杀前的叫喊，大概对方强求了些什么，逼迫他听着。

门口传来有人倒地的声响。信吾耸着肩头，打算起来看看。

"菊子！菊子！"

是修一在叫菊子[1]，他的舌头硬了，有的音发不出来了。他喝得烂醉如泥。

信吾精疲力尽，把头放在枕头上休息。心脏依然怦怦直跳。他抚摸着胸口，调节着呼吸。

"菊子！菊子！"

修一不是用手砸门，而是摇摇晃晃地用身子撞击门板。

信吾本想休息一会儿再去给他开门。转念一想，自己起身去开门不太合适。

修一满怀凄楚的情爱和悲哀呼唤着菊子，听起来似乎要舍掉一切。人在痛楚苦闷之极，生命

---

[1] 日语中"菊子"与动词"听"发音近似。

垂危之际，才会像幼儿唤母那样悲切呼喊。那是发自罪愆底层的呼唤。修一以一颗赤裸着的、痛楚的心向菊子撒娇。或许他在迷醉蒙眬之中，以为妻子听不到。他似乎在跪拜菊子。

"菊子！菊子！"

修一的痛苦传给信吾了。

自己可曾有过一次这般满怀绝望的情爱，呼喊妻子的名字吗？信吾自己恐怕也不知道修一有时会如身处异国战场一般绝望吧？

信吾侧耳倾听，心想要是菊子醒来就好了。儿子的哀号被儿媳听到，他也感到有点难为情。信吾想，要是菊子不起来，就把妻子保子叫醒。不过，还是菊子醒来最好。

信吾用足尖将热水袋蹬到被窝一头。已经到春天了，他还用热水袋，所以使得心跳加快了吧？

信吾的热水袋由菊子负责。

"菊子，给我准备吧。"信吾时常这样吩咐道。

菊子为他灌装的热水袋，温度保持得最长久，瓶口也拧得最严实。

或许是保子太顽固、身体还很健康的缘故，到了这个岁数，依旧不愿使用热水袋。她的脚很热。五十多岁时，信吾一直靠妻子的肌肤焐被窝，近几年才不再依赖。

保子从来不把脚伸向信吾的热水袋。

"菊子！菊子！"又是一阵砸门声。

信吾打开枕畔的电灯看时间，快到两点半了。

横须贺线末班电车一点前抵达镰仓，那之后修一又泡在站前饭馆里喝酒了吧？

听到修一现在的声音，信吾想到他和那名东京女子的交往，或许到该收场的时候了。

菊子起来了，她从厨房走出来了。

信吾放心地关了电灯。

原谅他算了，信吾在嘴里自言自语，仿佛是对菊子说的。

修一似乎攀着菊子的肩膀进来了。

"疼啊，疼啊，放开我！"菊子说，"左手抓住我的头发啦。"

"是吗?"

小两口似乎互相牵拉着一起倒在厨房里了。

"不行啊,不能动……搁在我膝盖上……喝醉酒,脚肿了。"

"脚肿了?说谎!"

菊子把修一的脚放在自己的膝头,她好像在为他脱鞋子。

菊子原谅了修一。信吾可以不用担心了。夫妇之间,没有越不过的坎。菊子能够对丈夫表示宽恕,也许心里很高兴呢。

修一的呼叫,说不定菊子也清楚地听到了。

纵然如此,修一是从情妇家里醉酒归来,作为妻子的菊子却能将他的脚放在膝盖上为他脱鞋,信吾切实感到了菊子善良温淑的心怀。

菊子让修一睡下之后,便去关上厨房后门和大门。

信吾甚至听到了修一的鼾声。

修一被妻子迎进家门,立即入睡了。那么,使得修一烂醉如泥的女人绢子,眼下如何呢?不是说修一在绢子家一喝醉酒就发酒疯,弄得绢子哭哭啼啼的吗?

还有,打从修一结识绢子起,菊子时常脸色煞白,腰肢却渐渐丰满起来。

二

修一如雷的鼾声,不久就停了,然而,信吾再也睡不着了。

保子打鼾的恶癖也传给儿子了吗?信吾想。

不会吧,或许是今夜醉酒的缘故。

近来,信吾也听不到妻子的鼾声了。

寒冷时节,保子睡得更熟了。

信吾睡眠不足的翌日,记忆力更加不好,他烦躁不安,内心伤感。

或许,刚才他是在感伤的心绪中听着修一呼唤菊子的吧?但修一可能只是因为舌头僵直,抑或借助醉态掩饰自己的行为不端。

信吾从语义模糊、六音不正之中，感受到了修一的情爱与悲哀，但这只不过是他对修一寄予的冀望罢了。

不管怎样，听到那呼叫，信吾原谅了修一，并想到菊子也会原谅他吧。信吾联想到此种利己性的骨肉亲情。他对儿媳菊子一片温情，其根源依然是为了自己的亲生儿子。

修一干出了丑事，他在东京的情妇家中醉酒归来，几乎倒在自家门前的地上。倘若是信吾起来开门，儿子看到父亲紧皱眉头，也会有所清醒的。幸好是菊子开的门，修一扶着菊子的肩膀走进了家门。

菊子既是修一的受害者，又是修一的赦免者。

菊子方二十出头，要与修一经营夫妇生活直到信吾和保子这样的岁数，得反反复复原谅丈夫多少次啊！菊子会无限地原谅下去吗？

但所谓夫妻，也是一座阴森可怖的沼泽，无限度地原谅和吸纳对方的丑行。绢子对修一的爱、信吾对菊子的爱等,不久也会被修一和菊子的夫妻沼泽所吸纳,不留任何痕迹吗?

战后的法律,在信吾看来,从亲子改为以夫妻为家庭单位是有道理的。

"也就是夫妻沼泽,"信吾低声嘀咕着,"还是要同修一分开住啊。"

心里有所想,就会不经意地在嘴里低声叽咕。有这习惯也是信吾上了年纪的缘故。

"夫妻沼泽。"他之所以犯嘀咕,是因为这话的意思是夫妻二人一起生活,互相忍受对方的恶行,由此使这个沼泽越来越深。

所谓妻子的自觉,就是从正视丈夫的恶行开始吧。

信吾的眉毛很痒,随即用手揉了揉。

春天临近了,夜半醒来,也不会像冬天那般被冻得不行了。

信吾听到修一的叫声之前,已经从梦中醒过来了。当时,他还清晰地记得梦的内容。然而,他被修一吵醒后,梦也大体忘记了。

抑或因自己的心慌,梦的记忆消泯了。

所记得的是十四五岁的少女堕胎的事情。其余唯有一句话:

"然后,某某女子成为永恒的圣少女。"

梦中,信吾读着这则故事。这句话出现在故事的结尾。他一边朗读故事,同时,故事的情节如同戏剧或电影般浮现于眼前。信吾自己没有出现在梦中,完全站在观众的立场上。

十四五岁堕胎,作为圣少女也太奇怪了,其实这是一个很长的故事。信吾在梦中读了这部讲述少男少女纯爱物语的名作,醒来时,只剩下感佚。

少女不知道是怀孕,更不觉得是堕胎,只是一心一意思恋被迫别离的少年吗?这样一来,既不自然也不清纯。

忘记的梦,其后不会再来。再有,阅读这种故事产生的感情,也属于这场梦。

梦中,也应该出现了少女的名字和面孔。现在他只是朦胧记得女体的大小,正确地说,身材小巧。似乎穿着和服。

信吾以为在这位少女身上梦见了保子姐姐美丽的面影,但似乎又不是。

梦的源头不过是昨晚晚报上的一篇报道。

标题为《少女产下双胞胎,扭曲的青森(春的觉醒)》,报道如是写道:

> 据青森县公共卫生科调查,县内根据优生保护法而堕胎的妇女中,15岁者5人,14岁者3人,13岁者1人。高中学生的年龄——16岁至18岁者400人,其中,高中生占比20%。此外,初中生怀孕者,弘前市1人,青森市1人,南津轻郡4人,北津轻郡1人。而且由于缺乏性知识,尽管堕胎手术由专业医生执行,但还是造成严重结果,死亡率达0.2%,重症率达2.5%。至于那些私下请非指定医生处理而丧命的女孩子(幼母)人数,更加令人惊心动魄。

文中举出了四件分娩实例。北津轻郡的一名初二学生,十四岁,去年二月,她忽然感到分娩在即,最终产下一对双胞胎。母子健康。年幼的母亲目前在读初中三年级,父母不知道孩子怀孕。

青森市的一名高二学生,十七岁,和班上一位男生相约未来,去年夏天怀孕了。双方父母考虑到两人都是少男少女,还在读书,所以选择堕胎。但是,男孩子说:"我们不是闹着玩的,我们不久就要结婚。"

这篇新闻报道使信吾很受震动。因此,睡着后做了少女堕胎的梦。

然而,在信吾梦中的那些少男少女既没有被丑化也没有被恶化,而是演绎着"纯爱物语",或成为"永恒的圣少女"。入睡前,他不曾想到过这些。

信吾的震动化作美丽的梦境。这是为什么?

信吾在梦中拯救了堕胎少女,或许也拯救了自己。

总之，梦中出现了善意。

信吾回想自己，自己的善意会在梦中苏醒吗？

莫非闪烁于垂暮之年的青春流连，使他梦见少男少女的纯爱吗？信吾感伤地撒起娇来。

或许因为有了此种梦后的感伤，信吾对修一的哀叫，先是怀着善意倾听着，随后感到了情爱与悲哀。

三

翌日早晨，信吾躺在被窝里，听到菊子将修一摇醒了。

近来，信吾老是为早醒而苦恼，爱睡懒觉的保子提醒他：

"'老年人不服老，起早洗个冷水澡'可是要惹人厌的啊！"他起得比儿媳妇还早，自己也觉得不合适，悄悄开门拿来报纸，躺在被窝里慢慢读。

修一去盥洗室洗漱。他要刷牙,牙刷一放进嘴里,大概觉得不舒服,发出哼哼唧唧的声音。

菊子一路小跑进入厨房。

信吾起来了。菊子从厨房回来,走廊上遇到了他。

"啊,爸爸。"

菊子差点撞着公公,她立即收住脚步,猝然飞红了脸颊。右手杯子里的液体溢了出来。为了缓解修一昨夜的宿醉,菊子从厨房端来一杯冷酒。

这时的菊子尚未化妆,稍显白皙的面孔染上红晕,睡眼惺忪,未曾涂胭脂的素唇闪露着洁白的牙齿,她羞涩地笑了笑。信吾甚感爱怜。

菊子至今依然保有一份天真无邪的性情吗?信吾联想起昨夜的梦境。

不过,细思忖,报纸上刊登的关于年幼少女结婚生育的事一点也不稀罕,早婚的现象在过去也相当普遍。

处于这些少年的年龄段时,信吾本人也在深深思恋着保子的姐姐。

菊子知道信吾坐在餐厅里,赶紧打开那里的挡雨窗。

初春的朝阳照射进来。菊子似乎惊讶于过量的光照,同时想到被信吾盯视着背影,便双手举过头顶,突然绾起睡乱的头发。

神社高大的银杏树虽然尚未发芽,但早晨的阳光和早晨的嗅觉,令信吾似乎已经感受到嫩芽的芳香。

菊子迅速妆扮完毕,端来一杯玉露茶。

"给,爸爸,时间晚啦。"

信吾刚睡醒,玉露茶也要喝热的。因为水烫,沏茶反而困难,但菊子沏的茶对信吾来说最相宜。

倘若未婚姑娘为他沏上一杯茶,那这茶将更加美味,信吾想。

"为醉汉送冷酒解醉,再给老糊涂沏玉露茶,菊子好忙碌啊!"信吾打趣地说。

"哎呀,爸爸,您都知道啦?"

"我那时醒了,开始还以为是阿辉在叫呢。"

"是吗?"

菊子俯身而坐,不容易一下子站起来。

"我呀,在菊子之前就被吵醒了,"房子隔着一道隔扇说道,"哼哼唧唧,声音很可怕。我知道阿辉不会叫,是修一在哀号。"

房子依然穿着睡衣,一边为小女儿国子喂奶,一边走进餐厅。她面容清癯,乳房白皙美丽。

"哎呀,怎么这副样子?太不像话啦。"信吾说。

"因为相原邋遢,我也就自然变邋遢了。嫁给一个邋遢的男人,怎么能不变邋遢呢?实在没办法啊。"

房子换了下抱国子的姿势,由右乳头转向左乳头,继续说道:

"要是厌恶女儿邋遢,还是预先调查一下亲家是否邋遢为好。"房子的口气颇为生硬。

"男女不一样。"

"一个样,您看看修一。"

房子走向盥洗室。

菊子伸出两手,房子粗暴地将婴儿交给她,孩子哭叫起来。

房子不顾一切地向对面走去。

保子洗完脸走过来。

"来,"保子接过孩子,"这孩子的爸爸,究竟怎么打算的呢?房子除夕夜回娘家后,都两个多月了。说房子邋遢,可老头子关键时候不是更邋遢吗?除夕夜,他还说'这样也好,这回彻底断了缘份'。可是说归说,一直拖延到今天,相原也一直没来给个说法。"

保子一边说话,一边打量着臂弯中婴孩的小脸。

"听修一说,您使唤的那个姓谷崎的女子,是半个寡妇,房子也成了半个被遗弃的人啦。"

"什么叫半个寡妇?"

"虽然没结婚,但心上人战死了。"

"战时,谷崎还是个小姑娘啊。"

"虚岁也有十六七了吧?也该有心上人啦。"

信吾倒没有想到保子所说的"心上人"这个词。

修一没有吃早饭就外出了,或许是心情不好吧,时间也很晚了。

信吾一直窝在家中,直到午前邮递员送信的时候。菊子放在信吾面前的邮件中,有一封写给菊子的信函。

"菊子!"信吾将信递给她。

菊子也没看名字,直接拿到信吾这里来了。很少有人给她写信,她从来也不等什么信。

菊子当场读过那封信,说道:

"一位老同学来信说,她堕胎了,情况不太好,住进了本乡的大学医院[1]。"

"唔?"信吾摘掉眼镜,望着菊子的脸。

"大概是偷偷找了个非专业的接生婆,那是很危险的啊!"

---

[1] 此处指东京大学医院。

信吾想到晚报上的报道和今天的来信,竟然如此巧合,还有昨夜堕胎的梦境。

信吾很想把昨夜的梦境说给菊子听。他感到了一种诱惑,但他很难说出口,只是望着菊子。他内心里闪烁着青春之光,蓦然间,他又联想到菊子是否也怀孕了,说不定正打算堕胎呢。

想到这里,信吾有些惊讶。

四

电车通过北镰仓山谷。

"盛开的梅花真好看呀。"菊子好奇地眺望着。

靠近电车轨道的地方,梅树很多。信吾每天乘车打这里经过,有时瞧上一眼。

梅花已经过了盛时,向阳的地方,白色的花已经衰败了。

"咱们家院子里的也盛开了啊。"信吾说。其实只有两三棵,菊子也许还是初次看到今年的梅花。正如很少收到别人的来信,菊子同样很少外出,顶多到镰仓的街道上走走,买买东西。

菊子到大学医院探望朋友,信吾同她一道出行。

修一情妇的家位于大学前边,这使信吾有点担心。还有,他想在路上顺势问问儿媳有没有怀孕。虽然也不是什么难以启齿的事,但他终究没有说出口来。

信吾已经好几年没有听保子说起过女人的生理期了。过了更年期,保子更是一字不提,后来应该自然绝经了,而不是有什么病症。

就连保子不再提起这件事本身,信吾也给忘了。

信吾想问问菊子,便回忆起保子的事。保子要是知道菊子到医院妇产科去,也许会叫儿媳顺便查一查身子。

信吾曾见过保子跟菊子谈起孩子的事,当时菊子听得很痛苦。

菊子无疑将自己的身体状况对修一说了。一个能够听自己倾诉的丈夫,对于女人来说至关重要。假若女人有了另外相好的男人,她就会犹豫不决,不知该不该对丈夫坦白。信吾记得过去听朋友讲起过这类事,当时他很感动。

亲生女儿也不会对父亲坦露一切。

信吾和菊子过去都一直避免提及修一情妇的事。

菊子若是怀孕了,或许是因为她在修一情妇的刺激下成熟了。虽说这种事很不光彩,但信吾认为这是人的一种欲望,所以也总觉得问起菊子生孩子的事有些残忍。

"雨宫家的老爷爷昨天来了,您听妈妈说了吗?"菊子突然问道。

"不,没有。"

"听说东京那边可以接收他们了,特地来打声招呼,叫我们照顾一下阿辉,这不,留下了两大袋子饼干呢。"

"喂狗的?"

"嗯。妈妈说一袋是人可以吃的。据说雨宫言生意做得很红火,扩建了宅子,老爷爷很高兴啊。"

"可不是吗,生意人很快卖了房子又建起新家,我呢,十年如一日,每天只是坐在这列横须贺线的电车上,也要腻烦了啊。近来,饭馆里有个聚会,都是老人,几十年都在干同样的事,一成不变,又腻味,又劳累。也许很快就有人来迎接啦!"

"很快有人来迎接"这句话,菊子乍一下没听明白。

"到了阎王爷那里,我最终会对阎王爷说,我们这些零部件没犯罪。我们只是人生的零部件呢。活着的时候,人生的零部件,都会受到人生的惩罚,太残酷了。"

"不过……"

"是的,问题是到了什么样的时代、怎么样的人,才能活过整个人生呢?比如说,那间小饭馆里看鞋子的老爷子怎么样呢?他管理顾客的鞋子,天天如此。有的老人见了他会随口说,零部件做到这个份上,反而更自在了。但问问侍女就知道,那位管鞋子的老人也很苦,他四周都是鞋棚子,像个盛鞋的地洞,他两腿跨着火钵,为顾客擦鞋子。大门口的地洞,冬天很冷,夏天很热。咱家的老太婆也喜欢谈养老院吧。"

"您是说妈妈吗?不过妈妈所说的,和年轻人经常谈到想死,不是一样吗?而且说得很轻松啊。"

"她是说她一定比我活得更久。不过,年轻人指的是谁呢?"

"您问是谁……"菊子一时语塞,"朋友的信上也这么说。"

"今天早上的信吗?"

"是的,她没有结婚。"

"唔?"

看到公公沉默不语,菊子也不再开口了。

电车正要从户冢站驶出。这里距保土谷站有很长一段距离。

"菊子,"信吾喊了一声,"我从很早以前就想问,你们不打算分家过日子吗?"

菊子看看公公的脸,等待他说下去。随后,她哀求般地说道:

"这是为什么呢,爸爸?是因为姐姐回来住了吗?"

"不是的,和房子她们没关系。房子只是回来住,还未办离婚手续,回家这段时间让你多费心了,但即使她同相原分手,也不会长期住在咱家里。房子另当别论,这是你们小两口的事。你不喜欢另立门户吗?"

"不喜欢。我呀,爸爸疼我,我只希望同爸妈住在一起。离开爸爸身边,那将多么令人难过呵!"

"你说得很暖心。"

"哎呀,我是向爸爸撒娇呢。我生下来就是父母最小的女儿,在娘家时,或许父亲更疼爱我,所以我总喜欢同您在一起。"

"你父亲疼爱你,这我清楚。其实,我也希望菊子你能待在我身边,那对我来说也是最大的安慰。分开住会很冷清的。不过,修一干出那些事来,我至今都没有同你商量过,我这个做公公的没资格跟你们住在一起。所以,我想,还是你们小两口单独住出去,才是解决问题的好办法。"

"不不,即便爸爸您什么也不说,但我心里明白。您对我知冷知热,疼爱我,我就是靠着这份温情过日子的。"

菊子硕大的眼睛噙满泪水。

"我很害怕分开来住。我做不到一个人一直等在家里,那太无聊、太悲惨了,我害怕。"

"这件事,你不妨一个人等等看。不过,这种事情不便在电车上讨论,你再好好想想看。"

菊子或许真的害怕了,她的肩膀在颤抖。

在东京站下车后,信吾叫了出租车,送菊子去本乡。

因为过去受到亲生父亲的疼爱,抑或当下感情处于错乱之中,菊子并不觉得这件事有何不自然。

修一的情妇果真走过来了?信吾莫名感到某种危险,他叫出租车停一停,一直目送着菊子进入大学医院。

一

春钟

一

　　正值百花盛开的镰仓举办佛都七百年庆典，寺钟从早响到晚。

　　这钟声信吾有时听不见，而菊子不管做活计还是说话，都能听得见。信吾不仔细倾听是听不到的。

　　"听，"菊子提醒他，"钟声又响了，听！"

　　"哦？"信吾歪着脑袋。

　　"老太婆，怎么啦？"信吾问保子。

　　"听见啦。您连敲钟都听不见吗？"保子不再理会他。膝盖上堆积着五天来的报纸，她慢悠悠地翻阅着。

"响了,响了。"信吾说。

听进耳朵一遍,再听就比较容易了。

"听到了?看您高兴的!"保子摘掉老花镜,望望信吾。

"一天到晚地撞钟,寺院的和尚师父真是够累的。"

"他们叫上香的人撞钟,撞一次十元钱,和尚师父不撞钟。"菊子说。

"这倒是个好主意。"

"说是用于祭奠的钟来着……听说有个计划,叫十万人甚至百万人都来撞钟。"

"计划?"

信吾觉得这个词很好笑。

"不过,寺院的钟声很阴郁,我不爱听。"

"可也是,阴郁吗?"

信吾忖度着,拣四月的一个星期天,围在餐厅里一边观樱花,一边听撞钟,那是多么悠闲自在啊!

"七百年,是什么七百年呢?是庆祝大佛像建造七百年,还是日莲上人[1]诞辰七百年?"保子问道。

信吾没有回答。

"菊子不知道吗?"

"不知道。"

"好生奇怪哩。我们就这样稀里糊涂地住在镰仓。"

"妈妈膝头的报纸上没有刊登什么消息吗?"

"也许会有吧?"保子把报纸递给菊子,自己手头只留下一张。报纸折得仔细,摞得整整齐齐。

"是的,我好像也在报上读到过。不过,看到了老年夫妇离家出走那篇,联想到自身,同病相怜,所以只记住那篇了。您也看到了吧?"

"嗯。"

"被称为日本划艇界恩人的日本划艇协会副会长高木子爵……"保子开始读报上的报道,然后用自己的话叙述道,"他也是划艇制造公司的总

---

1 日莲(1222—1282),镰仓时代的高僧,1253 年根据《法华经》创立日莲宗。

经理，六十九了，夫人六十八岁。"

"怎么就联想到自身了呢？"

"他给养子夫妇和孙子都写好了遗书。"

保子接着读报。

"一想到人还活着却被社会遗忘的那种悲惨境况，就不想再熬到那个时候了。我很了解高木子爵的心情——生而为人，最好是在众人的爱中消逝，为家人深深的爱所包围，在众多朋友、同辈及晚辈的友情拥抱之中离去——这是写给养子夫妇的，下边是留给孙儿的——日本独立的日子临近了，但前途是黯淡的。害怕战祸的青年学生，若是渴望和平，必须彻底实行甘地的不抵抗主义。你要沿着自己所信赖的正确道路前进。我们已经老朽，深感力不从心，不能指导你们。但一味等待'惹人厌的高龄'到来，硬要活到那个时候，也只是浪费生命。只要为孙子们留下好爷爷、好奶奶的印象就行了。不知道要走向哪里，只想静静安眠罢了。"

保子读到这里，沉默片刻。信吾转向一边，

望着院子里的樱花。

保子一边读报,一边述说着:

"他们离开东京自家,去探望住在大阪的姐姐,之后就不知道到哪儿去了……那位大阪的姐姐已经八十岁了。"

"妻子没有留下遗书吗?"

"欸?"保子不由一愣,抬起头来。

"怎么没有妻子的遗书呢?"

"您说的妻子,是那个老太太吗?"

"没错,两人去赴死,妻子也应该有遗书才对。如果我和你去死,你肯定也有什么事情想要写成遗书留下来,不是吗?"

"我不需要,"保子淡然地回答,"男女都留遗书,那是年轻人殉情,因为不能在一起而感到悲观……要是夫妇,大都是丈夫写遗书就行了,我还有什么遗言值得留下的呢?"

"那倒也是。"

"我自己去死时,那是另一回事。"

"一个人单独死时,怨恨之事当如山积。"

"到了这个年龄,有也等于没有。"

"这老太婆,既不想死,也不会死,所以说得很轻松,"信吾笑着问道,"菊子呢?"

"我呀?"菊子犹豫着,语调缓慢,声音细微。

"假如你和修一决定殉情,菊子你不想留遗书吗?"

信吾随口说出这番话,刚脱口就觉得自己太孟浪了。

"不知道。真到了那个时候,谁知道会怎样呢?"菊子将右手大拇指插入腰带,一边松松腰带,一边望着公公,"我觉得还是该给爸爸留下些话来。"

菊子的眼眸闪耀着天真的温润之情,盈着泪光。

信吾觉得,虽然保子没有想到死,但菊子并非没有想到死。

菊子前倾着身子,似乎要哭倒在地,旋即直起身来离开了。

"好奇怪,干吗要哭呢?真是歇斯底里,那样子就是歇斯底里啊!"保子目送着她。

信吾解开衬衫的扣子,将手伸进胸前。

"感到有些心慌吗?"保子问。

"不,胸部有点痒,乳头发硬、瘙痒。"

"倒像是个十四五岁的女孩子。"

信吾用指头挠着左胸。

夫妻自杀,丈夫写遗书,妻子不写。妻子是单纯地想让丈夫代写,还是无话可留呢?信吾听到保子读报,他对这一点抱有疑问,也颇感兴趣。

是因长年相守而变得一心同体,还是因为失去了个性和遗言呢?

妻子原本就没有理由死,却为何要因丈夫自杀而殉情,并且让丈夫的遗书也包含自己的意愿呢?难道就没有丝毫的遗憾、悔恨和迷茫吗?真是不可思议。

然而眼下,信吾的老妻也说,如果要殉情,她自己不留遗书,只要丈夫写了就行了。

什么也不说,跟着男人一道死的女人——或

者男女颠倒过来的情况，也不是绝对没有，但多数是女人跟随男人——这样的女人如今衰老了，而且就在自己身边。信吾不由一惊。

菊子和修一夫妇不仅相处岁月尚浅，而且眼下正身陷波澜。

在这种情况下，询问菊子他们夫妇要是殉情，菊子要不要写遗书之类的问题，实在有些残酷，也会给她造成伤害。

信吾明知道，菊子正面临危险的深渊。

"菊子是在对爸爸撒娇，那样的事也向您淌眼泪，"保子说，"您只顾一门心思疼儿媳妇，又不肯为她解决难题。对房子也是这样。"

信吾望着满院盛开的樱花，那棵高大的樱树下边开满了八角金盘。他不喜欢八角金盘，原打算在樱花开放前，把八角金盘剪除干净。谁知，多雪的三月又看它开花了。

三年前，也曾一度剪除过，后来却反而蔓延起来。当时他想干脆连根拔掉，现在看来要是那样做就好了。

信吾经保子一阵数落,对一片郁青的八角金盘更加厌恶起来了。本来,那棵巨大的樱树独木亭立,绿枝低垂,花繁叶茂,广盖周围。然而,即便有了八角金盘,老樱树依旧遮蔽四方。

更何况,花开满树,讨人欢心。

樱树承受着过午的阳光。硕大的花朵悬浮于天空。虽说花色、花型不很显著,但却好像盈满了空间。眼下花开正盛,不像就要凋谢的样子。但是,一瓣两瓣不住飘零下来,树下还是堆满落花。

"报上登着年轻人杀人、死亡的消息时,只觉得这种事太多了,又来了。没想到老年人的报道一出,冲击也挺大的。"保子说。

"最好是在众人的爱中消逝,"老夫妇报道中的这句话,她反复读了两三遍,"前些日子报纸还刊登过这样一篇报道,说有个六十一岁的爷爷,想把患小儿麻痹的十七岁男孩送进圣路加医院。老爷爷驮着孩子离开枥木县,到东京看风景,但孩子死活不肯去医院,老爷爷便用手巾把孩子勒死了。"

"是吗？我没看到。"信吾淡然地应和着，心里只想着青森县少女堕胎的报道，回忆着梦中见到的一切。

他和老迈的妻子是多么不同啊！

二

"菊妹！"房子喊道，"这台缝纫机老是断线，怎么回事呀？你来看看好吗？是胜家牌的好机子，是我不会用？或许是我太歇斯底里了？"

"也许出毛病了，这还是我上女校时买的，很旧了。"

菊子走进那间屋子。

"不过，我用着还挺顺手的。姐姐，我来帮您缝吧。"

"是吗？里子老在身边缠着我，叫人心情怪急躁的，生怕扎到这孩子的手。虽说不会把手也缝在一起,可这孩子把手伸在这儿,我盯着针脚,渐渐眼花起来,布料和孩子的小手都模糊成一片了。"

"姐姐,您太累啦。"

"还是情绪不稳定。要说累,当数菊子你更累。家里不累的人,只有孩子她外公外婆。爸爸年过花甲,还说什么乳头发痒,真是把别人当傻子呢。"

菊子到大学医院探望朋友,回来的路上为房子的两个女儿买了布料。

在缝的就是那块布料,所以房子对菊子也很好。

可是,菊子一旦坐在缝纫机前替房子缝衣服,里子就变得不高兴了。

"舅妈给你买布做新衣呢,不是吗?"

房子一反往常,甚感对不起菊子。

"实在难为情,孩子这个样子,同相原一模一样。"

菊子把手搭在里子的肩膀上,说道:

"跟外公一道去看大佛像,好吗?又有稚儿[1],又能看跳舞。"

经房子的一番劝说,信吾也上路了。

走在长谷大道上,香烟店前盆栽里的山茶花灼灼耀眼,五六朵重瓣杂色花绽放着。信吾买了光牌香烟,夸盆栽养得好。烟店老板说,重瓣杂色花不好看,论盆栽还得是野山茶。他陪信吾来到后院,有四五坪[2]的菜地,菜地前边的地上直接摆放着盆栽。野山茶是生命力积蓄于根干的老木。

"不能让花抢走枝干的养分,因此全都摘掉了。"店老板说。

"这样还能开花吗?"信吾问。

"会开很多花,好在还留下几朵来。店内的山茶也开了二三十朵呢。"

烟店老板谈论起养育盆栽的经验,还提到镰仓人爱好盆栽的一些传闻。经他这么一说,信吾

---

[1] 祭祀队列中盛装的男童。
[2] 日本土地面积单位,1坪约合3.3平方米。

联想到，商业街的橱窗里也经常摆着盆栽。

"谢谢您啦。很期待开花啊！"

信吾正要跨出商店大门，店老板又说起来：

"虽说算不得什么，但后院的野山茶有几株还可以……只要身边有那么一盆花木，为了使之保持姿态良好，不变不枯，就会产生一种责任心。这是治疗懒汉的好办法。"

信吾一边走路，一边点燃一支刚买的光牌香烟。

"烟盒上画着大佛像，专为镰仓人制造的。"他把香烟盒递给房子。

"给我看看。"里子探着身子。

"去年秋天，房子离家出走时，去过信州吧？"

"我没有离家出走。"房子顶了老爸一句。

"当时你在乡下老家没见过盆栽吗？"

"没见过。"

"可不是吗，那是四十年前的旧事了。你乡下的外公爱摆弄盆栽，就是你妈的父亲啊。但是你妈对此道一窍不通，她人笨，心也粗，不如姨妈那样讨外公喜欢。因此，姨妈被分派了伺弄盆栽的任务。她又是美人，同你妈简直不像同胞姐妹。一天早晨，盆栽架上堆满雪，额前梳着刘海的姨妈，身穿红色元禄袖和服[1]，扫除盆栽里面的积雪。她的身姿至今依然浮在我眼前，既明晰又美丽。信州天冷，呼出的气是白的。"

那白色的呼气是少女的温柔与芬芳。

毕竟时代不同了，房子与此无关，倒也是好事。信吾蓦地陷入回忆之中。

"不过，刚刚看到的野山茶，似乎不止被用心用护了三四十年啊。"

树龄也相当大了。盆栽中的主干都长出树瘤来了，真不知有多少年了呢。

保子的姐姐去世后，供奉在佛坛上的红叶盆栽，是否经人照料，还没有枯萎呢？

---

[1] 短襟窄袖和服，便于行动的日常服装。

三

三人走入寺院内,赶巧稚儿队列正在缓缓通过大佛像前的石板路。看样子是从很远的地方走来的,有的孩子脸色显得很疲倦。人墙后面,房子抱起里子。里子盯着身穿花枝纹样振袖和服的稚儿仔细瞧。

听说寺中竖了一块与谢野晶子的歌碑,走进里院探看,似乎是将晶子的亲笔题字放大了,镌刻在石头上。

"果然还是那首'释迦牟尼'呢。"信吾说。

但是,房子不知道这首脍炙人口的短歌,信吾有点惊讶。晶子的短歌如是唱道:

　　镰仓虽有大佛像,释迦牟尼是美男。

"大佛不是释迦牟尼,实际上是阿弥陀佛。晶子弄错了,后来特作短歌加以纠正。然而,在已经流行的短歌里,释迦牟尼已成定论,现在再改称阿弥陀佛或大佛,则音韵失调,'佛'字也重复了。可是,一刻在歌碑上,就更是将错就错了啊!"

歌碑旁张起了布幕,内有薄茶招待。临来时,菊子交给房子一张茶票。

信吾望着露天茶棚下的茶色,心想,里子也要喝的吧。不料里子一手抓住了茶碗边缘。这是一只点茶用的极为普通的茶碗,信吾帮她端起来。

"好苦呀!"

"苦吗?"

里子还没有喝,就露出一脸苦相。

少女舞蹈队进入布幕后,一半人坐在门口的马扎上,剩下的同先来的人挤在一起,几乎人人相叠了。她们个个浓妆艳抹,身穿振袖和服,花枝招展。

少女队列的后方,立着两三棵小樱树,繁花似锦,但花色远逊于艳丽的振袖和服,看起来十分淡薄。对面山丘上高高的小树林映着阳光,一派翠绿。

"水,妈妈,我要喝水。"里子斜眼瞅着跳舞的少女,嘴里不住叨咕。

"没有水呀,回家再喝吧。"房子哄着女儿。

信吾也突然想喝水了,他回忆起一件事。

三月里的一天,信吾乘坐横须贺线电车到达品川站,从车厢里看见站台上有个和里子一样大的女孩,打开水龙头在喝自来水。一开始,女孩拧开龙头,水流向上窜出来,吓了她一跳,之后女孩又大笑起来。母亲给女儿调节好龙头,女孩似乎喝得很香甜。信吾从女孩身上感受到今年春天已经来临了。

眼看着那群跳舞的少女,自己和外孙女都想喝水,这其中是否有着某些原因呢?信吾思忖着。

此时,里子又在怄妈妈:

"衣服,给我买衣服,我要衣服。"

房子站起身来。

少女舞蹈队正中央有个比里子大一两岁的女孩,眉毛描得低,又粗又短,十分可爱。她圆睁着一双铜铃似的大眼睛,眼角渗着胭脂红。

里子被妈妈领着,盯着那女孩,看也看不够。走出布幕时,她想到那女孩身边去。

"我要买衣服,买衣服。"她继续黏缠妈妈。

"买衣服吗?外公说了,等过七五三节[1]时会给你买的,"房子似有所指地说,"这孩子打一生下来,就没穿过和服。就连尿布也是旧衣服改的,是浴衣的碎布料。"

信吾坐在茶店歇息,要来水喝。里子咕嘟咕嘟连喝了两杯。

离开大佛的寺院,走了一会儿,他们看到一个身穿舞姬和服的女孩子,被母亲牵着手,似乎正急匆匆赶回家去。那女孩从里子身边经过,信吾心想,糟了。他一把抱住里子的肩膀,已经晚了。

"我要衣服。"里子很想拽住那女孩的衣袖。

"不行呀!"女孩趁势逃开,不巧踩住了长袖子,向前绊倒了。

---

[1] 每年11月15日,三岁和五岁的男孩、三岁和七岁的女孩,身着漂亮的服装参拜神社,祝贺成长。

"哎呀!"信吾大叫,捂住面孔。

被车轧了?信吾只听见自己的喊声,但似乎是好多人一起喊叫。

车子骤然刹住。被吓呆了的人群里跑出三四个人来。女孩急忙爬起来,抱住母亲的衣裾,被火烧到似的大哭起来。

"好啦,好啦。刹车很灵啊,是高级车。"有人说。

"那要是碰上破车,小命早没啦。"

里子仿佛抽搐了,直翻白眼,脸色很可怕。房子不停地向女孩的母亲赔不是,问有没有伤着哪里、振袖和服有没有扯坏。那位母亲一脸茫然。和服女孩停止哭泣,浓厚的白粉凝聚在一起,双眼若水洗般闪耀着光辉。

信吾默默走回家去。听到婴儿的哭声,菊子一边唱着摇篮曲,一边出迎。

"对不起,惹她哭啦。我不会哄孩子呢。"菊子对房子说。

或是受妹妹哭声的引诱,或是因为家中气氛

轻松，里子也跟着哇哇哭起来了。

房子不再理睬里子，她从菊子手中接过婴儿，敞开了前胸。

"啊呀，胸间全都是冷汗啊！"

信吾微微抬起头，望着良宽[1]题写的"天上大风"的匾额，走了过去。这还是良宽的字较便宜时买的，却仍是赝品。经别人提醒，信吾也明白过来了。

"我们还看了晶子的歌碑，"他对菊子说，"晶子写的是'释迦牟尼'啊。"

"是吗？"

四

晚饭后，信吾独自出门，朝着服装店和估衣铺走去。但是，他找不到一件适合里子穿的和服，

---

[1] 良宽（1758—1831），号大愚，江户后期僧侣、歌人。

越找不到,越是嘀咕。

女孩家尽管幼小,看到别的女孩穿着鲜艳的衣服,就强烈希望自己也能拥有吗?

信吾暗自惊恐起来。他琢磨着,里子的艳羡和欲望,是比一般孩子稍强些,还是异常高涨呢?这或许是疯狂的预兆吧。

那个穿着舞姬和服的女孩若是被轧死了,如今会怎么样呢?孩子美丽的振袖和服的花纹,再度鲜明地浮上信吾的脑际。如此好看的衣服,店里遍寻不着。

然而,没买到就回家……信吾未曾踏上归途就犯起愁来。

保子真的只用旧浴衣为里子改做尿布吗?照房子的说法,不是太可怜了吗?该不是说谎吧?就比如孩子刚生下来时,以及参拜神社时,就没有置办过一件和服吗?说不定是房子希望为孩子买身洋装?

"忘了。"信吾自言自语。

保子有没有同他商量过这件事呢?他一定是

遗忘了。但是，如果夫妻二人多关心一下房子这个相貌丑陋的女儿，她或许能生下个可爱的外孙来呢。信吾怀着无可推卸的自责念头，脚步也沉重起来了。

"若知生前身，若知生前身，亦无可怜亲。既无可怜亲，亦无牵挂人……"

忘了是什么谣曲[1]中的这句台词，又在信吾心中浮现，但也只是浮现而已，信吾不会像身着法衣的僧人那样开悟。

"呜呼，前佛已逝去，后佛未出世，既生于梦中，该以何为实？一度偶相与，苟且变人身……"

里子抓住穿舞姬和服的女孩时的那种莽撞与凶狠的性格，是继承了房子的血统，还是继承了相原血统呢？其母房子的性格，是继承了父亲信吾的血统，还是继承了母亲保子的血统呢？

倘若信吾同保子的姐姐结婚，就不会生下房子这样的女儿，也不会有里子这样的外孙女，不是吗？

---

[1] 能乐的词章，即唱段与念白部分。

出乎意料，信吾内心依旧深深记挂着昔日恋慕的人。即便六十有三了，可那位二十几岁就香消玉殒的女子，信吾还是觉得她比自己年长。

信吾回到家里，看到庆子抱着婴儿，钻进被窝。卧室同餐厅之间的隔扇敞开着，所以看得很清楚。

"睡下啦。"

信吾朝那里瞅了一眼，呆子对他说。

"她老是觉得心慌，想安静一下，吃了安眠药，睡觉了。"

信吾点点头，吩咐道：

"把那里关上好吗？"

"知道了。"菊子走了过去。

里子紧紧贴着妈妈的后背，似乎没有睡着。这孩子就这样，默默地不说一句话。

信吾没有说是给里子买和服去了。看来房子也没有告诉母亲，因为里子想要和服，发生了一件危险的事。

信吾走向起居室，菊子端来炭火。

"啊,坐下吧。"

"欸,这就来。"菊子出去了,她把水壶放在盆里端过来了。水壶本不需要放在盆里,但旁边还放着花。

信吾拿起花来问:"这是什么花?好像是桔梗花。"

"据说是黑百合……"

"黑百合?"

"是的,一位爱好茶道的朋友刚刚送给我的。"菊子说着,打开信吾背后的壁橱,拿出一个小花瓶来。

"这就是黑百合?"信吾感到很好奇。

"这位朋友说,今年的利休[1]忌日,在六窗庵的远州流本家茶席上,摆放着黑百合和白色忍冬的插花,很是好看,适合插在细口古铜花瓶里……"

"唔?"

---

1 即千利休(1522—1591),安土桃山时代茶人,名与四郎,号宗易。千家流茶道的鼻祖,人称"茶圣"。

信吾瞧着黑百合。两枝,每枝上开两朵花。

"今年春天,下了十一次还是十三次雪来着。"

"经常下雪哪。"

"初春利休忌日那天好像也下了雪,积了三四寸厚。黑百合因而更加珍贵啦。人说是高山植物呢。"

"颜色有点像黑山茶花。"

"可不是嘛。"

菊子向花瓶里加水。

"听说今年利休忌日时,利休辞世时写的书法,还有切腹用的短刀都摆出来了。"

"是吗?你那位朋友是茶道师傅吗?"

"是的,战争遗孀……以前经常做茶道,很有影响呢。"

"什么流派?"

"官休庵,就是武者小路[1]呀。"

---

1 即武者小路千家,茶道流派之一,与表千家、里千家合称"三千家"。千利休曾孙宗守于京都武者小路千家邸内开设官休庵,始称于世。

不懂茶道的信吾还是没太明白。

菊子等着将黑百合插入花瓶，但信吾一直不肯放手。

"开花时稍微低垂着枝头，是不是将要萎谢了？"

"啊。因为先放入水了。"

"桔梗开花也垂着枝头吧？"

"啊？"

"看样子比桔梗要小些，对吧？"

"是小一些呢。"

"乍看是黑色，其实并不黑，似浓紫却又不是紫色，像掺进了浓浓的胭脂红。等明天吧，明天白天再仔细瞧瞧。"

"在太阳底下就会透出紫红色。"

至于花的大小，盛开时不足一寸，七八分光景。花开六瓣，雌蕊尖分三股，亦有四五根雄蕊。花叶在茎上各相隔一寸，向四方伸展。百合是小型叶子，长约一寸到一寸五。

信吾终于嗅起了花的气味，顺口说道：

"有种可厌女人身上的腥臭味。"

信吾虽不是意指浮艳之气,但菊子的眼睑泛红了,她低下头。

"香味不佳,"信吾加以订正,"你闻闻看。"

"我不想像爸爸那样仔细研究。"

菊子正要将花插入花瓶。

"在茶会上,四朵花显得过多,不过就这样吧。"

"好,就这样。"

菊子将黑百合放在地板上。

"原来壁橱里放花瓶的地方放了能面,帮我拿出来吧。"

"好的。"

信吾刚刚想到谣曲里的一节,也就想到了能面。他捧着慈童面具说:

"这是妖精,据说永远都是少年,我买的时候说过吧?"

"没听说。"

"公司里有个姓谷崎的女孩,我买能面时,叫她戴在头上试过,很可爱。我很惊奇。"

菊子随即将慈童能面挂在脸上。

"这绳子要系在脑后吗?"

无疑,能面内菊子的眼睛正在凝视着信吾的脸孔。

"非得动一动,才会有表情。"

买回来的当天,信吾差点就要吻一吻那可爱的红唇,天赐的邪恋不时撞击他的心头。

"埋木于土中,心花自开放……"

这句话似乎也来自谣曲。

菊子戴着美艳少年的面具,做着各种各样的动作,信吾没有再看下去。

菊子脸小,下巴颏几乎全部遮盖在能面里,泪水顺着那若隐若现的喉头流淌下来。眼泪变成两道,三道,潸潸奔流。

"菊子,"信吾呼喊着,"你是不是打算同修一离婚后去做个茶道师傅,为此今日才去见朋友?"

扮成慈童的菊子点点头。

"即便离婚,我也会待在爸爸身边,伺候您喝茶。"她戴着面具,说得很明白。

传来一声里子的哭喊。庭院里的阿辉一阵狂吠。

信吾有种不吉利的感觉,修一星期天也去了情妇家,菊子倾听门外的动静,看他是否回来了。

一

鸟家

一

　　附近寺院的钟，无论冬夏，皆在早上六时鸣响。信吾也不论冬夏，一听到晨钟的响声，就即刻起来。

　　说是早起，不一定离开被窝，只是早早睁开眼睛。

　　虽说同是六点，但冬夏自然很不一样。寺院一年到头都是六时敲钟，信吾也一直以为是同一个六时，但夏季敲钟时，太阳已经老高了。

　　枕畔放着一只大怀表，但必须开灯再戴上老花镜才能看清楚时间。没有眼镜的话，就连长针和短针也很难分清。

再说,信吾没有必要一定按钟点起床。早醒反而不好。

冬季六时有点太早,但信吾醒来后不愿一直赖在被窝里,便去取报纸。

没有女佣之后,菊子早起操持家务。

"爸爸,起得好早啊。"

经她这么一说,信吾反而觉得难为情,随口说道:

"嗯,回去再睡一会儿。"

"您睡吧,水还没烧开呢。"

菊子起来了,信吾感到家中有了生气,放下心来。

冬令的早晨,在黑暗中睁开眼睛,信吾随即感到寂寞难耐。这感觉是从何时开始的呢?

春天一旦来临,信吾的早醒也渐渐温暖了。

今早已是五月过半,在晨钟鸣响之后,信吾听到鹞鹰的叫声。

"哦,还是有啊!"他嘀咕一声,在枕头上侧耳倾听。鹞鹰在屋顶盘旋一大圈,似乎向大海方句飞走了。

信吾起床了。他一边刷牙,一边向天上寻找,没有发现鹞鹰的姿影。然而,那幼稚甘美的鸣声,仿佛使得信吾家的屋脊上空更加温馨明净了。

"菊子,咱家的鹞鹰叫唤了。"信吾向厨房呼喊。

菊子正把热气腾腾的米饭盛到饭柜里。

"我没留意,听漏啦。"

"它还在咱家里呢。"

"啊!"

"去年经常听它鸣叫。几月来着,也许就是这个时候,不记得了。"

信吾站起身,菊子解去头上的发带。

看来,菊子有时也是用发带束起头发就寝的。

菊子敞着饭柜盖子,为公公准备茶水。

"鹞鹰来了,咱家的画眉鸟也该来了。"

"也会有乌鸦啊。"

"乌鸦?"

信吾笑了。鹞鹰既然是"家里的鹞鹰",那么乌鸦也应该是"家里的乌鸦"。

"原以为这座宅子只有人居住,没想到还有各种鸟呢。"信吾说。

"眼看就会有跳蚤、蚊子啦。"

"别说扫兴话,跳蚤、蚊子不是咱家的,不在咱家过年。"

"冬天也有跳蚤,说不定会过年的。"

"不知道跳蚤可以活多久,但不大会是去年的跳蚤。"

菊子看着信吾,笑了。

"那条蛇也到该出来的时候啦。"

"是那条把你吓坏了的大锦蛇吗?"

"是的。"

"据说它是一家之主。"

去年夏天,菊子购物回家,在后门口看见那条大锦蛇,吓得直哆嗦。她大声呼叫,阿辉跑来,发疯似的狂吠。阿辉低头正要咬住它,又猛地向后跳四五尺远,接着又要去咬住,如此反复多次。

蛇稍稍抬起头来,吐着鲜红的信子,瞧都不瞧阿辉一眼,迅速动作起来,顺着后门门槛爬走了。

听菊子说,那条蛇足有后门门板的两倍长,也就是相当于一间屋子的宽度。比菊子的手腕子还要粗。

菊子声音很大,保子沉静地应道:

"它是我们的一家之主啊。菊子过门之前它就住下了,已经好几年了。"

"一旦被阿辉咬住,又会怎样呢?"

"阿辉对付不了的,若是被蛇缠绕,那就糟了……阿辉知道它有这一手,所以只是狂吠罢了。"

菊子受到一次惊吓,从此不肯走后门了,只从正门出入。那条蛇会藏在地板底下或天花板上头吗?她有点害怕起来。

不过,大锦蛇似乎住在后边山里,很少显露真身。后山不是信吾的私有地,那里不知属于谁家。

因为斜立的山崖逼近信吾的家宅,对于山间的动物来说,山同信吾家的院子之间没有任何界限。后山的叶和花也纷纷飘落在院子里。

"鹞鹰回家了,"信吾嘀咕着,声音拔高了,"菊子,鹞鹰好像回家了!"

"可不是嘛,这次我听到啦。"

菊子抬头望着天花板上面。鹞鹰的鸣叫持续了好一阵子。

"刚才飞向大海了吗?"

"听叫声,似乎向那边飞走了。"

"飞到海里找食吃,再飞回来吧。"

听菊子这么一说,信吾也觉得有道理。

"在看得见的地方放些鱼怎么样?"

"会被阿辉吃掉的。"

"放得高一些。"

去年和前年也这样做过。信吾醒着的时候,听着鹞鹰的鸣叫,感受到一股亲切之情。不光是信吾,"家里的鹞鹰"这个词,也通用于全家。

然而,信吾其实不知道那鹰是一只还是两只。

他记得多年前,曾经看到过两只鹰在自家屋顶上联翩飞翔。

还有,多年来一直听到的鸣叫都是同一只鹰发出的吗?没有换代吗?或许老鹰不知何时已经死去,那是小鹰的鸣叫吧。信吾今早初次想到了这一点。

若老鹰去年已离世,今年是新生的幼鹰在鸣叫,信吾他们也并不知道,一直认为都是家中同一只鹰。在梦幻中听到鹰鸣,倒也别有意味。

镰仓多小丘,但鹞鹰专门选择信吾家的后山居住下来,想想也很叫人不解。

"难遇今宵,巧遇今宵,难闻君声,正闻君声。"

今日听鹰鸣,或许也是如此吧。

然而,即使同鹞鹰共居一处,鹞鹰顶多也只会给人听几声美妙的鸣叫罢了。

二

　　信吾和菊子起得早，早晨总会交谈些什么，而信吾和修一父子俩或许只有在早晚上班的电车里才会偶尔聊上几句吧。

　　渡过六乡铁桥，看到池上的森林，也就快要到站了。坐在早晨的电车上观看池上森林，已经成了信吾的癖好。然而，好多年来来往往，他直到最近才发现森林里有两棵松树。这两棵松树高高挺立于森林上空，上身相互倾斜，似乎就要合抱在一起。树梢已经贴得很近了。

　　这座森林，只有这两棵松树挺然而立，即使不经意也该能看到，但信吾一直没有发现。不过，一经发现，这两棵松树便每次都最先闯入眼帘。

　　今早，风狂雨猛之中，两棵松树依稀可辨。

　　"修一！"信吾喊道，"菊子有什么不对吗？"

　　"没什么呀。"

　　修一正在阅读周刊杂志。他在镰仓站买了两本杂志，一本交给了父亲。信吾拿在手里没有看。

"她有什么不对么？"信吾温和地重复了一遍。

"她老是说头痛。"

"可不？听你妈说，昨天她去东京，傍晚回家后就睡了，看样子不寻常。她似乎在外头有些事，你妈也觉察出来了。她晚饭也没吃。你昨夜九点回来走进房间时，没发现她在小声哭泣吗？"

"过两三天会好的，没什么可担心的。"

"要知道，头痛不会那样哭泣的。今天早晨，她不是也还在哭吗？"

"啊。"

"房子给她送吃的，一进屋她就显得极不情愿，捂着脸……房子对她絮絮叨叨了一阵。我想问你，究竟是怎么回事啊？"

"听起来好像全家人都在琢磨菊子的动静，"修一翻着白眼，"菊子她偶尔也会有个头疼脑热的。"

信吾怫然不悦。

"所以才问你是什么病嘛。"

"是流产。"

修一干脆吐露出来。

信吾暗自惊讶,看了看前面的座席。坐在前面的两个人都是美国兵,父子俩一开始就认为他们不懂日语,才毫无顾忌地说着话。

信吾稍稍压低嗓子问道:

"找医生看了?"

"看过了。"

"是昨天?"信吾又低声问道,语气中透着虚空。

修一也不再读杂志了。

"是的。"

"她当天就回来了吧?"

"嗯。"

"是你叫她这么做的?"

"她不听我的话,自己坚持要这样。"

"菊子自己要这样?胡说!"

"这是真的。"

"那又是为什么呢?你干吗要叫菊子有这个

想法呢?"

修一沉默不语。

"这都怪你,不是吗?"

"或许是这样。但如今她坚决不想要,脾气大得很哩。"

"你要是阻止,还是能够阻止的。"

"眼下不行。"

"那么,'眼下'指的是什么?"

"爸爸您也很清楚。我现在这个样子,是不能要孩子的。"

"就是说,在你有女人这段时间里,是吗?"

"嗯,是这样。"

"'是这样',是怎么样啊?!"

信吾火冒三丈,喘不上气来。

"菊子这是半自杀状态!你没感觉到吗?比起对你的抗议,她选择了半自杀!"

修一看到信吾一脸怒气,有点退让了。

"你杀死了菊子的灵魂,再也无法挽救了。"

"菊子的灵魂太倔犟了。"

"她不是女人吗?不是你的妻子吗?就看你怎么对待她了。你若疼她,爱她,菊子肯定会高高兴兴生孩子的。要是你有相好的,那又当别论。"

"嗯,也不是没有关系。"

"你妈等着抱孙子,菊子心里也应该很清楚。迟迟没生孩子,她自己也脸上无光,不是吗?她很想要个孩子,而你偏不让她生。你这样就等于扼杀了菊子的灵魂。"

"这有些不一样啊,菊子似乎有菊子的洁癖。"

"洁癖?"

"似乎怀孩子也使她烦恼不安……"

"唔?"

这是他们夫妻之间的事。修一是那么让菊子感到屈辱和厌恶吗?信吾有些怀疑。

"我不相信,菊子那样说那样做,并不是出自她的真心。做丈夫的,哪有把妻子的洁癖当回事的?这正说明你对她爱得不深。女人闹点别扭,作为男人根本不必放在心上。"说着说着,信吾有些泄气了。

"你妈要是知道白白丢掉个孙子,她也会有意见的。"

"不过,这么一来,妈妈知道菊子也能生孩子,会更安心的。"

"瞧你说的,你就保证将来还能生?"

"可以保证。"

"这就更加证明你既不怕天,也不爱人。"

"您说得真难懂,其实不就是很简单的事吗?"

"不简单!你好好想想吧,菊子她哭得那么伤心。"

"我也不是不想要孩子,如今两人的状态都不好,这种时候是不适宜生孩子的。"

"我不知道你说的'状态'是什么。但菊子的状态并不坏啊。要说状态不好,那也只是你一个人不好。照菊子的性格,她根本不会有状态不好的时候。都是因为你没有疏解菊子的妒忌,才失去了孩子,或许不仅仅是孩子。"

修一不解地望着信吾的脸孔。

"当你从情人那里醉醺醺地回来,将沾满泥水的双脚搭在菊子的膝盖上,让她给你脱鞋试试看。"信吾说。

三

那天,信吾因为公司有事,绕道银行,同那里的一位朋友吃午饭,一直聊到两点半。他从饭馆给公司挂了电话,就直接回家了。

菊子抱着国子坐在走廊上。她没想到公公会提前回来,慌忙想站起身来。

"不用,坐着吧。能起来了吗?"信吾向走廊走去。

"可以,现在正打算给婴儿换尿布呢。"
"房子呢?"
"带着里子去邮局了。"
"到邮局办事,就把孩子交给你了?"
"等一下,舅妈先给外公换衣服。"菊子对婴儿说。

"不用不用,还是先给婴儿换吧。"

菊子喜笑颜开地抬眼望望信吾,唇间闪露着细白的牙齿。

"外公说要给小国子先换呢。"

菊子穿着一件华美舒适的绵绸衣裳,系着衣带子。

"爸爸,东京也不下了吧?"

"你说雨吗?在东京站上车时还在下,走下电车,天气一片晴朗。没注意是经过哪里时放晴的。"

"镰仓刚刚也一直在下。天晴之后,姐姐才外出的。"

"山间还是湿漉漉的。"

菊子让婴儿睡在走廊上,抬起她的光脚丫,两手抓住脚趾头,让腿脚比手更自由地晃动着。

"对呀对呀,看看那座山吧。"菊子揩拭着婴儿的大腿。

美国军用飞机自低空飞过。孩子受轰鸣声

惊动,抬头看山。虽然看不见飞机,但巨大的黑影映着倾斜的山坡划过去了。婴儿也许看到了阴影。

望着婴儿受惊后眼睛里天真的光亮,信吾蓦地感动了。

"这孩子不懂得什么是空袭。现在出生的孩子,大多不懂得什么是战争。"

信吾凝视着国子的眼睛,目光已经平和多了。

"刚才国子的眼神,要是照下来就好了。山上飞机的影子也收进去。接下来再拍一张是……"

婴儿被飞机扫射,悲惨死去。

信吾正要说出口来,想到菊子昨日人工流产,立即忍住了。

不过,正如这两张空想的照片,现实中有此遭遇的婴儿肯定不计其数。

菊子抱着国子,一只手将尿布团作一团,走向浴室。信吾因记挂着菊子提早回到了家中,他先走进餐厅。

"回来得真早啊!"保子也进来了。

"哪儿去了?"

"洗头发呢。雨一停,顶着大太阳,头皮发痒啊。老年人的脑袋,动不动就发痒。"

"我的头倒不怎么痒。"

"也许您的脑子特别灵光,"保子笑了,"明知道您回来,但想着刚洗完就出来,怕您看了吓到,少不了挨骂呢。"

"老太婆的湿发啊,干脆剪掉,扎个竹笼发髻不好吗?"

"那是的。其实竹笼头,不是只有老太太会扎,江户时代男女都会扎。把头发剪得很短,在后面束起来,将发尾扎成茶道用的竹笼形状。歌舞伎中经常可以看到。"

"后头不用扎,散开来就很好嘛。"

"那倒也可以。不过你和我的头发太浓密啦。"

信吾压低声音问道:

"菊子怎么起来了呢?"

"她是起来了……脸色不太好。"

"不要再叫她看孩子了。"

"是房子外出时将孩子放在菊子的睡床上,叫她照顾一会儿的。因为孩子睡得正香。"

"你可以接过来嘛。"

"国子开始哭闹时,我正在洗头呢。"

保子离开了,拿来信吾的换洗衣服。

"您回来得早,我还以为您也哪里不舒服呢。"

菊子好像正从浴室走回自己的卧室,信吾把她叫住:

"菊子,菊子!"

"来啦。"

"把国子领来吧。"

"好的,这就领过去。"

菊子系好腰带,牵着国子的手,带她走过来。

国子抓住外婆的肩膀。保子正在用刷子给信吾洗裤子,她直起腰来,用两个膝盖拢住婴儿。

菊子为公公拿走西服,将西服收置在隔壁屋子的西装衣橱后,又轻轻掩上房门。关门时,她在门扉后的镜子里瞧了瞧自己的容颜,不由吃了一惊。她一时犯起犹豫,不知道要去餐厅还是回卧室。

"菊子,快去躺着吧。"信吾说。

"欸。"

信吾的话音使她一惊。菊子耸动了一下肩膀,没有向这边望一眼,径直回卧室了。

"菊子的样子有些怪呀。"保子蹙着眉头说。

信吾没有回应。

"也不知道她是哪里不舒服。让人生怕她起来走着走着,突然倒在地上。"

"可不是嘛。"

"总之,修一那件事早晚要解决。"

信吾点点头。

"您跟菊子好好谈谈怎么样?我领着国子去迎她妈,也帮衬做下晚饭。房子也真是的。"

保子抱着婴儿走了。

"房子去邮局干什么呢?"

听信吾这么一问,保子回过头来说:"我呀,也正琢磨呢。或许给相原寄信去了。分开半年多了吧……回到这里来也快半年了。当时正是大年三十晚上。"

"要寄信,这附近就有邮筒。"

"还是从邮局发又快又不耽误事啊。说不定突然想起相原,有些受不住了吧。"

信吾一脸苦笑,觉得老伴倒很乐观哩。

女人若是一辈子都背着家庭的包袱,就会扎下乐观之根。

信吾拿起保子看过的四五天来的报纸,随便翻了翻。一条奇妙的新闻跳入眼帘——《两千年前的莲子开花》。

去年春天,千叶市检见川的弥生时代[1]遗址的独木舟里发现了三粒莲子,时间推定为两千年前。某研究莲子的博士使之发芽,今年四月,将幼苗分别种植在千叶农事试验场、

---

[1] 日本考古学的历史划分,约为公元前3世纪至公元3世纪。

千叶公园池塘以及千叶市旱田町的酒厂老板家里。这位老板据说是协助过遗迹发掘的人，他在铁锅里盛满水，将幼苗种植在内，放在庭院里。结果酒厂老板家的莲子最先开花。莲子博士得到消息立即跑来，一边爱抚着美丽的花朵，一边说道："开花啦！开花啦！"

报上写道，花形逐渐变化，由"酒壶形"变作"茶碗形""铜盆形"，直到"瓷盘形"，花瓣尽开后飘零下来，共有二十四枚。

这则报道下面还有一幅照片：白发皤然的博士，戴着眼镜，手持半开莲花的花茎。再读一遍，他发现博士今年六十九岁。

信吾对着莲花照片仔细瞧了好久，手捧报纸走向菊子房间。

这是她和修一夫妻二人的屋子。作为菊子陪嫁物的书桌上，放着修一的礼帽。菊子似乎打算写信，礼帽旁边摊着信笺纸。书桌抽斗上方，铺着一块绣花巾。

他闻到了香水的香气。

"怎么样？还是不要急着起来到处走动啊。"信吾在书桌前坐下了。

菊子睁开眼睛，凝视着信吾。她正想坐起来的时候，听到信吾不让她多动，似乎有些尴尬，涨红了面颊。然而，苍白的额头却显得虚弱，独有眉毛秀丽。

"两千年前的莲子经培育开花了。看到这条报道没有？"

"是的，看到啦。"

"看到了啊。"信吾嘀咕道。

"要是预先跟我们说清楚……菊子你也不必硬要那么做嘛，当天就赶回来，会伤了身子的。"

菊子有些愕然。

"是上个月吧，我们谈到孩子的事……当时就知道了，是吧？"

菊子在枕头上摇摇头。

"那时我还不知道。要是知道了，不会提起孩子的事，那样太难为情了。"

"是吗,修一说你有洁癖……"

信吾看到菊子的眼睛里涌出泪水,后半句没有说出口。

"不再请医生看看吗?"

"明天再去一趟。"

第二天,信吾刚从公司回家,保子忙不迭对他说:

"菊子啊,她回娘家去啦。听说现在正躺着呢……大约两点钟前后,佐川家打来电话,是房子接的。说菊子回了趟娘家,身子有些不舒服就躺下了。预先没商量很不好意思,想让她静养些时候再回来。"

"是吗?"

"我托房子告诉对方,明天会叫修一去看看菊子。电话好像是亲家母打来的。菊子是想回娘家睡觉了吧?"

"不是的。"

"究竟是怎么了呀?"

信吾脱掉上衣,慢慢解着领带,抬头仰望着,

说道:

"她堕胎了。"

"什么?"保子很惊讶,"唉,瞒着我们哪……您说的是咱家的菊子吗?现在的人真有点可怕啊!"

"妈,您还蒙在鼓里,"房子抱着国子走进餐厅,"我知道得很清楚。"

"你怎么会知道?"信吾不由追问起来。

"这事不好说,说了扯不清。"

信吾没话可说了。

一

都
苑

一

"咱家老爸真有意思，"房子洗涮着晚饭的菜碟，动作粗野地撂在盆里，"对亲生女儿比对外头嫁进来的儿媳妇还客气。对吧，妈妈？"

"房子！"保子厉声喊道。

"我说的不对吗？菠菜煮过头了，就直说煮过头了，不好吗？也还没有烂得只能拿去喂小鸟嘛，还有菠菜的形状嘛。您可以拿到温泉里烫呀。"

"温泉怎么烫？"

"温泉不是可以煮鸡蛋、蒸馒头吗？妈妈不是吃过哪里的含镭温泉蛋吗？说什么蛋白硬，蛋黄软的……京都丝瓜亭的手艺，您不是也曾赞不绝口吗?"

"丝瓜亭?"

"就是瓢亭[1]。穷老百姓也知道那个地方。煮菠菜也讲究什么瓢亭、丝瓜亭[2]吗?"

保子笑了起来。

"利用含镭温泉,按照一定温度和时间煮菠菜吃,即便菊子不在身边,老爸也会像大力水手那样恢复元气的。"房子说着,却没有笑。

"我不爱听,阴阳怪气的。"

随后,房子膝盖用力,捧起沉沉甸甸的水盆,说道:

"美男儿子与俊女儿媳不在身边,吃饭也不香。"

信吾抬起头来,同保子四目相对了一下。

"真会耍嘴皮子!"

"可不,不敢说也不敢哭,处处得陪着小心。"

"小孩子哭有什么办法呢?"信吾嘟囔着,稍

---

[1] 日式怀食料理名店,京都本店位于南禅寺附近。
[2] "丝瓜"一词在日语中有"劣等的、无价值的"之意。

稍张着嘴。

"不是孩子,是我啊,"房子东倒西歪地向厨房走去,"婴儿当然是要哭的呢。"

哐啷一声,房子把盛着盘碗的盆子扔进水槽里。保子惊讶地直起腰来。

房子的抽泣声传来。里子翻着眼珠看看外婆,立即向厨房跑去。信吾觉得外孙女的眼神饱含厌恶。

保子也站起来,抱起一旁的国子,放在信吾的膝头上。

"看着这孩子。"

说罢,她向厨房走去。

信吾抱起国子,她身子很柔软,一下子伏到了他怀里。他手里握着孩子的小脚丫,把细弱的脚脖子和胖乎乎的脚底板全都攥在手心里。

"痒痒吗?"

不过,婴儿好像不知道什么叫痒痒。

房子还在吃奶的时候,为了给她换衣服,会将她脱光了放在床上。信吾挠挠她的两肋,孩子矗着鼻子，挥舞着小手……信吾回忆着，有些事已经想不起来了。

房子小时候，信吾不太说女儿长得丑。每当开口欲言时，保子姐姐美丽的形象就浮现于他的脑际。

信吾期待着，随着年龄逐渐长大，婴儿的长相也会经过几度变化。但信吾的这种期待似乎落空了，随着孩子一天天长大，期待也变得迟缓了。

外孙女里子的脸蛋比起母亲似乎更好看些，看来婴儿国子还有希望。

照这么看，自己甚至想在外孙女身上寻求保子姐姐的面影吗？信吾对自己厌恶起来。

尽管厌恶自己，但他却陶醉于一种妄想之中：谁能知道，菊子堕胎的孩子，这个失去的孙儿或孙女，就不会是保子姐姐转世呢？谁又敢断定她不是迫于无奈无法降生于现世的美人呢？于是，信吾越发对自己感到不可思议。

他松开握住婴儿脚丫的手掌，国子即刻离开外公的膝头，站起来朝厨房走去。她向前架起两只胳膊，脚步摇摇晃晃。

"危险！"信吾话音未落，孩子就栽倒了。

婴儿向前倒去，躺在地上没动，好一阵子没有哭。

里子拽住房子的袖口，保子抱着国子，四人回到餐厅。

"爸爸犯糊涂啦，妈妈，"房子边擦桌子边说，"从公司回来，换衣服时，不论是襦袢[1]还是和服，大襟总是向左侧掩合系上带子，一副奇怪的打扮站在那里。怎么会变成这样的人了呢？这恐怕是爸爸有生以来第一次吧？看来非同小可啊。"

"不，以前也有过一次，"信吾说，"菊子当时说，琉球人向左向右都可以。"[2]

"哎？琉球，为什么？"

房子又脸色一变。

"菊子为了讨好爸爸，没少动脑筋，很会做人啊。琉球，真的是这样吗？"

---

[1] 和服贴身衬衣的一种。
[2] 按日本传统，男人衣服前襟扣在右侧，女人衣服前襟扣在左侧。

信吾强忍怒气。

"所谓襦袢,原来是葡萄牙语。在葡萄牙可不知左襟在前还是右襟在前。"

"菊子也懂得这些吗?"

保子从旁打圆场说:

"夏天的浴衣什么的,爸爸也经常给穿反了。"

"无意中穿反浴衣和稀里糊涂将前襟左掩,这是两回事。"

"你叫国子自己穿衣服看看,她知道是左还是右啊?"

"爸爸返老还童还嫌太早了吧?"房子心里不服气,"所以,妈妈,不是太丢人了吗?儿媳妇回娘家不到一两天,爸爸就把和服衣襟弄反了,怎么会有这种事呢?亲生女儿回娘家不是快要半年了吗?"

是的,房子除夕晚上冒雨回到娘家,确实快有半年了。女婿相原没来过一句话,信吾也没有主动去见他。

"是半年啦,"保子附和着女儿,"但你的事和菊子没有关系。"

"没有关系?我认为两方面都和爸爸有关系。"

"这是年轻人自己的事。你想让爸爸为你解决问题吗?"

房子低下头未作回答。

"房子,趁这个时候,把你想说的话全都说出来吧,心里也轻松些。正好菊子不在家。"

"都怪我不好,所以也没有什么特别需要敞开说的事。纵然不是菊子亲手做的菜,我也总希望爸爸能好好吃下去,"房子继续哭着说,"不是吗?爸爸虽然只顾埋头吃喝,但吃得很不开心,我也会觉得很扫兴啊!"

"房子,你想必会有好多话要说吧?两三天前,你不是去邮局了吗?是不是去给相原寄信的?"

房子似乎很惊讶,她摇摇头。

"我想你也没有什么可写信的人,所以就以为是相原了。"

保子说话一针见血。

"是寄钱吧?"

信吾由此觉察出保子瞒着自己给了女儿一些零花钱。

"相原在哪里?"信吾说着转向房子,但没等到回答便又说,"好像不在家里,我拜托公司的人每月去一趟看看情况,其实更是给你婆婆送点养老金。因为我想,如果房子继续待在婆家,她或许就是负责照顾婆婆的人。"

"啊?"保子很感意外,"您派公司的人去的?"

"那个人嘴巴很严,不会乱说乱问的,可以信任。相原要是在家,我想去一趟,同他谈谈房子的事。不过,假如只有那位腿脚不便的老太太在家,见了也无济于事。"

"相原他在干什么呢?"

"唉,好像是在走私毒品。他也是受人指挥,被当作手下使唤。喝杯酒就成了毒贩子的俘虏了。"

保子惊恐地瞧着信吾,比起相原来,一直隐瞒这件事的丈夫看起来更可怕。

信吾继续说:

"不过,那位腿脚不便的老母亲,好像早已不在那个家里了。别的人已经住了进去,就是说,房子从此没有家了。"

"那么,房子的东西怎么办呢?"

"妈妈,衣橱和行李箱早就空无一物了。"房子说。

"怎么?带回一张包袱皮来,就说明你是好人了吗?唉……"保子叹了口气。

信吾怀疑房子知道相原的下落,所以才写信给他。

没有给予堕落的相原以全力支持的是房子,还是信吾,还是相原本人呢?或许谁都不是呢?信吾望着暮霭沉沉的庭院。

二

十点钟左右,信吾到公司上班,看到谷崎英子留给他的字条:

"为少奶奶的事,我来拜见,未遇。改日再来。"

她所说的"少奶奶",除了菊子别无他人。

信吾询问房间里的岩村夏子,她是顶替辞职的英子的。

"谷崎是几点来的?"

"啊,她来时我刚上班,正在擦桌子,大约是八点刚过吧。"

"她在等我吗?"

"嗯,等了一会儿。"

夏子沉闷的口头语"嗯",让信吾听起来很不舒服,或许是她乡下人的口音吧。

"她见修一了吗?"

"没有,她没见就回去了。"

"是吗,八点过后……"信吾自言自语。

英子可能是到裁缝店上班前路过这里，或许午休时还会再来的。她的字写在一张大纸的一端，字写得很小，信吾又看了一遍，随即望望窗外。

是五月里最典型的天空，一派晴朗。

信吾坐在横须贺线电车上时，也在抬头仰望天空。仰脸看天的乘客，全都打开了车窗。

擦着六乡川闪光的流水飞翔的鸟儿，也散射着银色的光辉。红色的公交车从北边大桥上奔驰而过，看上去也并非偶然。

"天上大风，天上大风……"信吾不由得反复念叨着那面赝品良宽匾额上的文字。他看着池上的森林，"哎呀"了一声，几乎要从左侧窗户探出身子。

"那松树，或许不是池上森林的，靠得太近了。"

今朝一看见高出森林一截的两棵松树，又觉得它们似乎长在森林前边。

春天，又是雨日，远近之景竟然如此一派朦胧。

信吾从车窗内继续望着，想看得更真切些。他每天在电车中遥望，很想到松树生长的地方看个明白。

尽管说是每天，但发现这两棵松树还是最近的事。过去多年，他只是含糊地望着池上本门寺的森林一闪而过。不过，他今天第一次发现那高高的松树不是长在池上森林，也是得益于五月早晨的空气十分清澄。

那两棵松树，互相倾斜着上半身，树梢眼看就要抱合在一起了。信吾对两棵松树有了两次认识。

昨天晚饭后，信吾说出他探访相原家，多少帮助了相原老母亲的事。愤愤不平的房子也不吭声了。

信吾有些可怜房子。他觉得自己似乎在房子家里发现了什么，至于发现的究竟是什么，那就像池上森林前的松树一样模糊。

说起那松树，两三天前，信吾在电车上，也是一边眺望松树，一边责问修一，逼使儿子说出菊子流产的事。

松树已经不单是松树了，它们已和菊子堕胎的事缠绕在一起。也许以后上下班途中每每看到这两棵松树，信吾就不由联想起儿媳妇的事。

今天早晨同样如此。

修一袒露事实的那天早晨，两棵松树在风雨中黯然，同池上森林融合在一起。然而，今天早晨，松树离开森林，同堕胎一事缠绕在一起，看起来颜色污秽。抑或是天气过于晴朗的缘故。

"天气很好，但人的心情很坏。"信吾沮丧地发着牢骚。他不再观察被公司窗户切割的蓝天，开始着手工作了。

过午，英子打来电话。因为忙于赶制夏装，她今天不能来了。

"真的这么忙吗？"

"是的。"

英子不再言语了。

"你现在是从公司打来的？"

"是的，不过绢子小姐不在，"她淡淡说出了修一情妇的名字,"我是专等绢子小姐不在时打的电话。"

"唔?"

"喂喂,明天早晨,我去看您。"

"早晨?八点左右?"

"不,明天我等您来。"

"有什么急事吗?"

"是的,是急事,也不是急事。在我自己看来,是急事。我想早点跟您说。我太激动啦。"

"你太激动了?是修一的事吗?"

"见面再说吧。"

英子的"激动"莫知所指,她接连两天都要来找他谈话,使得信吾深感不安。不安搅得他待不下去。下午三点光景,他给菊子的娘家挂电话。接电话的是佐川家的女佣,在等待菊子到来的时间内,电话里传来美妙的音乐。

自打菊子回娘家之后,信吾再未同修一提起过菊子。修一似乎回避着这一话题。

还有,他本想到佐川家去探望菊子,但想到

别把事情闹大,便控制住了。

从菊子的性格来看,信吾认为,她不大会向娘家的父母兄弟透露绢子以及堕胎的事。不过谁又能知道呢。

"……爸爸!"听筒内美妙的交响乐中传来他怀念已久的菊子的呼唤,"爸爸,让您久等啦!"

"啊,"信吾放心了,"身体怎么样?"

"已经好多啦。我太任性,实在对不起您。"

"没有。"信吾一时说不出话来。

"爸爸!"菊子再次高兴地叫了一声,"我很想念您,我这就去看您,好吗?"

"马上就回来?能行吗?"

"能行,我想早点见到您,免得直接回家,太难为情啦。"

"好,我在公司等你。"

音乐继续响着。

"喂喂,"信吾继续听着音乐,"这音乐很好听。"

"啊呀,忘了关啦……是芭蕾舞曲《仙女

们》[1],肖邦组曲,我把唱片带回去吧。"

"马上就来吗?"

"是的,可我不愿意去公司。我在考虑呢。"

接着,菊子提议在新宿御苑会合。信吾不由一怔,随即笑了。

菊子觉得自己想得很周到:

"那地方遍地绿色,爸爸看了会高兴的。"

"新宿御苑,记得曾经去过那里一次,是去看狗的展览会。"

"您把我也当作小狗来看就行啦。"菊子笑着说。其后继续响着《仙女们》的芭蕾舞曲。

三

按照和菊子的约定,信吾来到新宿一丁目,从大木户门进入御苑。

---

[1] 《仙女们》(*Les Sylphides*),米哈伊尔·福金编导的芭蕾舞剧,乐曲改自肖邦的钢琴曲。

值班室旁边立着一块告示牌，写着："出租婴儿车，每小时三十元。草席每天二十元。"

一对美国人夫妇，丈夫抱着女儿，妻子牵着德国波音达猎犬。进入御苑的不仅是这对美国人夫妇，还有许多年轻恋人，但只有这对美国夫妇悠然缓步而行。

信吾自然地跟在他们身后。

道路左侧看似一片落叶松，其实是雪松林。信吾上回来参加的似乎是动物保护协会举办的慈善游园会，当时看到的优美的雪松林究竟位于哪一带，他已经无法判断了。

道路右侧的树木上，悬挂着"侧柏""赤松"等名札。

信吾以为自己先到了，他放慢了脚步。离门不远处就是一座水池，没想到菊子早已坐在池畔的长椅上，背靠一棵银杏树等他了。

菊子转过头站起身来，向公公施礼。

"来得好早啊，不到四点半呀，提前一刻钟。"信吾看看表。

"接到爸爸的电话真叫人高兴！马上就来啦，实在是高兴极了。"菊子快速地说着。

"就这么一直等着？穿得这么少，不冷吗？"

"不冷，这还是学生时代的毛衣，"菊子略显羞惭，"娘家没有留我的衣服，我又不愿借穿姐姐的和服。"

菊子是八个兄弟姐妹中最小的一个，姐姐们全都出嫁了，她现在说的姐姐是嫂子。

浓绿色的毛线衣是短袖，信吾今年首次看到菊子裸露的臂腕。

菊子再次郑重地为自己回娘家住向公公表示歉意。信吾一时不知说什么好。

"已经可以回镰仓了吗？"他只是关切地问了一句。

"可以。"

菊子听话地点点头。

"我很想回去。"说罢，她耸动一下秀媚的肩膀 凝视着公公。她是如何耸动肩膀的呢？信吾的眼睛未能看得太真切，但那随之而来的轻柔馨香使信吾深感惊奇。

"修一去看你了吗?"

"去了。不过,要是爸爸不来电话……"

她是想说"很难回去"吗?

菊子说着说着,离开银杏树荫。高大的乔木,秾丽的绿荫,笼罩在她细白的后颈上。

水池略显日本风情。水中的小岛上,一个白人士兵一只脚蹬在石灯笼上,正同妓女打情骂俏。岸边的长椅上,也坐着一对年轻的情侣。

信吾跟着菊子,穿过水池右侧的树林。

"很宽广啊。"信吾感到惊讶。

"爸爸也很满意吧。"菊子得意地说。

然而,信吾走到路旁的枇杷树下站住了,他不想立即进入那片广阔的草地。

"这棵枇杷树很好看。没有东西阻挡它,就连下边的枝条也都尽情地伸展着。"

顺其自然、随意生长的树木的姿态,使得信吾获得了丰盈的感动。

"姿态优美。是的,是的,那次来看狗展,一排高大的雪松，下面的枝条尽情伸展，看起来令人心情很舒畅。记不清在哪儿了。"

"靠近新宿那边。"

"对了，上回是从新宿那边进来的。"

"刚才我在电话里听说了，您说是来看狗展，是吗？"

"嗯，虽然狗不是很多，但那是动物保护协会为了募捐举办的游园会，日本人很少，外国人很多。看来都是占领军人的家属及外交官。那时是夏天，身披大红或水蓝罗衫的印度姑娘十分漂亮。美国人和印度人的店铺都出摊儿了，那真是难得一见的盛景啊！"

虽说只是两三年前的事，但信吾记不清具体是哪一年了。

说着说着，两人已经离开了枇杷树前。

"家里庭院的樱花树下，那些围绕在树根上的八角金盘，要全都剪除掉。你回家记得这事，别忘记了。"

"好的。"

"那棵樱树没剪过枝,所以我很喜欢。"

"小枝很多,花开满树……上个月,花事正盛,佛都举办七百年纪念,我和爸爸都听到寺钟了。"

"难得你还记得这事。"

"哎呀,我一辈子也忘不掉。听到鹞鹰的鸣叫也是。"

菊子贴近信吾身旁,从大榉树下走进广阔的草地。

满眼翠绿,信吾顿时心旷神怡。

"嗬,生长旺盛啊,仿佛不是在日本。真没想到东京竟有这样的地方。"信吾说着,面朝新宿方向,遥望远方无边的绿色。

"据说在 vista 上颇费苦心,看过去更有纵深感。"

"vista 是什么意思?"

"就是视野线吧。草地边缘和中央道路都是和缓的曲线呢。"

菊子说,她从学校来这里时,听过老师的讲解。据说这块散种着乔木的大草地,是模仿英国园林的样式建造的。

宽阔的草坪上的人,大都是一对对青年男女。有的双双躺在草地上,有的坐着,有的悠悠散步。也偶尔会看到五六个结伴的女学生和一群孩子。这里是恋人们幽会的乐园,信吾甚为惊讶,觉得自己不该来到这里。

正如皇室的御苑已经对公众开放,青年男女也是一道开放的风景吧。

信吾和菊子进入草地,穿过幽会的情侣。没有任何人注意到他们,信吾尽量躲着人走过去。

但是,菊子又是怎么想的呢?单单是年老的公公和年轻的儿媳妇一起逛公园吗?这对于信吾来说,太不习惯了。

菊子给他打电话说去新宿御苑见面,当时信吾并没有在意,来到这里之后,才感觉异样极了。

草地里生长着格外高大的树木,信吾被这种树木吸引住了。

信吾一边仰望,一边走过去。那高耸的绿色所蕴含的格调与力量感真切地传达给了信吾,大自然为他和菊子洗涤了郁闷。"爸爸也很满意吧",这就够了。

那是鹅掌楸,走近一看,方知原来有三棵。立在一侧的告示牌上写着:花朵似百合又像郁金香,又名郁金香树。原产北美,成长迅速,大约五十年树龄。

"嗬,五十年?比我还年轻。"信吾惊奇地抬头仰望。

广阔的枝叶仿佛要把他们俩抱住隐藏起来。

信吾坐在长椅上,然而心情一时难于平静。他猝然站立起来,菊子颇感意外地望着他。

"去看看那边的花吧。"信吾说。

草地对面花坛里的一簇白花,看上去几乎要碰及鹅掌楸垂挂的枝条了,远望起来鲜艳夺目。

他们越过草地,向那里走去。

"就是在这座皇家园林里,为从日俄战争凯旋归来的将军举办了欢迎式。我那时不到二十岁,住在乡下。"信吾说道。

花坛两侧是一排排整齐的树木。信吾在树木

之间的长椅上坐下来。菊子站在他面前。

"我明天早晨回家,也告诉妈妈一声,请她不要骂我……"菊子说着,随即在信吾身边坐下来。

"回家之前,倘若有什么话要对我说……"

"是对爸爸吗?想说的话太多太多了。"

四

翌日早晨,信吾静心以待,但他还是在菊子回来之前出门了。

"她说害怕挨骂。"信吾对保子说。

"怎么会挨骂呢,我还要向她赔不是哩。"保子也显露出开朗的神情。

信吾只告诉保子,他给菊子打了电话。

"对于菊子,您这个公公的决定就是圣旨,"保子送信吾到玄关,"嗯,也好。"

信吾到了公司,不久英子来访。

"呀,变得好漂亮啊!还拿着鲜花。"信吾高兴地迎上去。

"上了班就脱不开身了,我在街上逛了一会儿。花店里很好看呢。"

然而,英子却表情严肃地走到信吾办公桌前,用指头在桌面上写着"把她支开"。

"哦?"

信吾不由一愣,对夏子说:

"你先出去一下。"

夏子起身离去前的这段时间里,英子看见了花瓶,将三朵玫瑰插了进去。她身穿裁缝店女职员的连衣裙,身子稍显胖了些。

"昨天太失礼了,"英子有点反常地开口说,"接连两天前来打搅,我呀……"

"啊,坐下吧。"

"谢谢。"她在椅子上坐下来,低俯着身子。

"今天让你迟到了。"

"哎,没关系。"

英子扬起脸来看着信吾,气息不稳,一副要哭的样子。

"可以说说吗？我实在感到义愤填膺，可能过于激动了。"

"唔？"

"是少奶奶的事，"英子欲言又止，"她做了人工流产吧？"

信吾没有回答。

英子怎么会知道？修一也不会主动告诉她的。可是，英子和修一的情人同在一家店里上班。信吾有些厌恶，随即感到不安。

"堕胎也是可以的，不过……"英子再次迟疑起来。

"是谁告诉你的？"

"那笔手术费是修一君从绢子小姐手上拿的。"

信吾错愕良久，心头一紧。

"太过分了。这种手法太欺侮女人啦！简直不经大脑。少奶奶太可怜啦，我实在看不下去。修一君也许给绢子小姐钱了，也可能算是他自己的钱。不过，我们总觉得腻歪。修一君毕竟和我们身份不同呀，他怎么可能连这点钱都拿不出来？

身份不同,就可以这么干吗?"

英子压抑着瘦弱肩头的颤抖。

"给他钱的绢子小姐,我也无法理解。我只是气不过,厌恶极了。哪怕从此不再和绢子小姐在同一家店里工作,我也要把这件事告诉您。这或许是多管闲事,有点不近人情吧。"

"不,谢谢你了。"

"我在这里时,您待我很好。我只见过少奶奶一次,我很喜欢她。"

英子泪眼盈盈,双目闪闪发光。

"请让他们分开吧。"

"嗯。"

她说的无疑是绢子,但听起来又像是让修一和菊子分开。

信吾被彻底打倒了。

信吾对儿子精神上的麻木和颓废大惑不解,他本人似乎也深陷泥沼之中。他害怕黑暗的恐怖。

想说的全都说了,英子打算回去。

"哦,再待会儿吧。"信吾有气无力地挽留她。

"改天再来看您。今天很失礼,要是哭了就太不好意思啦。"

信吾感受到英子的良心与善意。他曾经认定英子神经大条,因为她请绢子介绍自己到同一家店里工作。岂不知神经大条的人是修一和他自己。

信吾茫然地凝视着英子留下的红玫瑰。

信吾曾经听修一说过,菊子因为洁癖,在丈夫有情妇的"现状"下不生孩子。菊子的这种洁癖,不是被完全践踏了吗?

菊子尚不知道这些,眼下或许已经回到镰仓家中了吧。

信吾不由闭上了眼睛。

一

伤后

一

星期日早晨,信吾用锯子把樱树下边的八角金盘锯掉了。虽然他估摸着,要是不把根挖掉还会再长,但又嘀咕道:

"等每次出芽时,再砍除也行。"

以前也砍除过,反而使根茎扩展,越长越旺盛了。但如今,信吾还是不打算刨去根子,也许他已经无力彻底挖除了。

八角金盘的枝干一碰到锯子就立即脆断,层层簇簇,信吾额头上逐渐渗出了汗水。

"我帮您一下吧。"修一不知何时走了过来。

"不,用不着。"信吾断然拒绝。

修一呆呆站了一会儿。

"是菊子叫我来的,她说爸爸正在清理八角金盘,叫我来帮帮您。"

"是吗?不过只剩一点了。"

信吾坐在砍倒的八角金盘上,望着家里。菊子背倚廊缘边的玻璃窗站立着,系着雅致的红色腰带。

修一拿起信吾膝头的锯子。

"全都要锯掉吧。"

"嗯。"

信吾望着修一虎虎有生气的动作。

剩下的四五株八角金盘立即倒下了。

"这个也锯掉吗?"修一回头问道。

"那个,等等。"信吾站起身来。

地上长出了两三枝幼小的樱树枝条,看来都是老树根发出来的,不是单株,可能是老树的幼枝。

粗大树干的底部,也长出小小的插栓般的枝条,抽出了叶子。

信吾稍稍离远开来看着。

"这些地里长出的东西,清除掉也许显得疏朗些。"信吾说。

"是吗?"

不过,修一并不想马上锯掉那些樱树幼枝,他认为老爸的考虑太迂腐了。

菊子也下来走到院子里。

"爸爸他呀,正在动脑筋,要不要把这些锯掉。"修一用锯子指着樱树的幼小枝条,轻声笑着说道。

"那些,还是锯掉了好。"菊子淡然回答。

"是不是幼枝,一时难以辨认。"信吾对菊子说。

"泥土里不会长出樱树幼枝的呀。"

"树根上长出的幼枝,应该叫什么呢?"信吾也笑了。

修一默默地锯掉了樱树幼枝。

"本来打算把这些樱树枝全都保留下来,任其自然而又自由地生长,但因为八角金盘搅乱其中,就清除掉了。"信吾说道。

"主干下边的小小枝条给保留下来,"菊子看着公公说,"那些可爱的幼枝又像筷子又像牙签,樱花开时,挺好看的呢。"

"是吗?能开花吗?我倒没注意呢。"

"开过花啦,小枝子上一团,开两朵花或三朵花……牙签般更小的枝子上只开一朵。"

"是吗?"

"不过,这种小枝子不知能不能长大。等到这种可爱的小树枝长长了,长得和新宿御苑的枇杷树和山桃树的底枝一样粗壮,我也早已变成老太婆啦。"

"那也不见得,樱花树长得很快。"信吾一边说,一边瞧着菊子的面孔。

信吾没有把自己和菊子一道去新宿御苑的事告诉老妻和儿子。

菊子莫非一回到镰仓婆家,就立即把这件事跟丈夫说明了?或许,菊子并不觉得自己需要坦白什么,她可能会若无其事地说出来。

"听说您和菊子在新宿御苑会面了。"这件事要是修一难以启齿,或许应该由信吾主动提出。但谁也没有开口,双方都有纠结之处。也许修一听菊子说了,只是佯装不知罢了。

但是,菊子的神情里一无凝重之色。

信吾凝视着樱花树干的幼枝,头脑里不由描画着这样的图景:这些在意料之外吐露新芽的纤弱幼枝,多年后犹如新宿御苑树木的底枝一般,向四方伸展。

倘若长条垂挂于地、繁花缀满枝头,那该是多么豪奢的景象!但信吾不曾见过樱树有这样的枝条,也没见过大樱树主干根部的枝叶向外伸展。

"锯倒的八角金盘放在哪里?"修一问。

"放到哪个角落都行啊。"

修一将八角金盘归拢在一起,夹在胳肢窝下拖着走,菊子也捧着三四株跟在后头。

"不用了,菊子你呀……还不能太大意了。"修一关爱地说。

菊子点点头，将八角金盘放在地上，伫立不动。

信吾回到屋里。保子正在把旧蚊帐改小，供婴儿睡午觉使用。

"菊子也在院子里干活吗？"她摘下老花镜问道。

"星期天，两人都在院子里，可是很少见啊。菊子打从娘家归来后，两人关系好多了，真奇怪。"

"菊子也是很伤心的。"信吾嘀咕着。

"也不能光这么看，"保子强调说，"菊子虽然是个爱笑的女孩子，但她很久没有像今天这样笑得如此开心了。见到她看似很开心的憔悴笑颜，我也……"

"唔。"

"这阵子，修一下班也早了，星期天都待在家里。俗话说，一场雨浇得地基更瓷实了。"

信吾默默地坐着。

修一和菊子一起走进屋里，修一手里捏着一根樱树幼枝。

"爸爸,您的宝贝樱树枝,被里子拔掉了,"他把树枝递到信吾眼前,"里子对八角金盘很好奇,她想全给拔下来,没料到拔着拔着,拔掉了樱树的幼芽。"

"是吗?这是孩子可能会拔掉的枝子。"信吾说。

菊子站着,将半个身子藏在丈夫背后。

二

菊子从娘家回来,送公公一把国产电动剃须刀、送婆婆一根和服带纽、送房子两套小孩衣服。

后来,信吾问保子:

"她送了修一什么东西?"

"一把折叠伞,听说还买了梳子,是美国货。梳盒一侧嵌着小镜子……其实,梳子代表缘分已尽,是不可作为礼物送人的。或许菊子不懂得这些。"

"美国不讲究这些。"

"菊子也给自己买了同样的梳子,颜色不一样,稍微小一些。房子看见了,说很喜欢,菊子就送给她了。菊子好不容易买了一件与丈夫相同的东西,这对从娘家回来的菊子来说,应是她的珍爱之物。房子不该半道截去。即便是一把不起眼的梳子,她的做法也显得很没头脑。"

保子觉得自己的女儿太没出息了。

"听说给里子和国子的衣服是高级丝绸,质地很好。虽说没给房子带礼物,可是送给两个孩子不就等于送给房子吗?菊子或许认为,没给房子买点什么,有些过意不去吧。菊子并非高高兴兴回的娘家,本来就不该让她送礼的呀。"

"是啊。"

信吾也有同感,更有一种保子无法知晓的悒郁。

菊子购置礼物,大概给娘家人添了不少麻烦。菊子堕胎的费用也是修一叫绢子代出的,可见夫妻俩没有足够的钱购买礼品。菊子也许认为让丈夫为她出了医疗费，故而向娘家索要了购买礼品的费用吧。

信吾很长时间没给菊子零花钱了，他为此很后悔。不是没有想到，而是因为菊子和修一他们夫妇关系不和睦，随着做公公的和儿媳妇变得亲近，反而使得信吾很难再私下给她零花钱了。其实，他没能设身处地为菊子考虑，就像硬把梳子截留下来的房子。

不用说，菊子因为丈夫耽于玩乐而手头颇为拮据，由此很难主动向公公索要零花钱。不过，只要信吾照顾得周全些，菊子也不会受到如此侮辱，以至仰仗丈夫的情妇为自己支付堕胎费。

"还是不买礼物来为好，免得更难过。"保子思忖着，"合起来是一笔不小的数目。得花多少钱啊？"

"这个嘛。"

信吾在心里琢磨着。

"电动剃刀是多少钱来着？这个估计不了，没见过这玩意。"

"可不是嘛,"保子也点头称是,"要是摸彩,您一定是头等。因为是儿媳妇菊子送的。又有响声,又能转动,不是吗?"

"刀齿不动。"

"动的,不动怎么刮胡子?"

"不,怎么看都不动。"

"是吗?"保子咯咯笑起来,"瞧您高兴的,就像孩子得到玩具。绝对是一等。每天早晨刺刺啦啦地响,吃饭时也不断摸下巴。因为太入迷了,连菊子都觉得难为情,但她心里很高兴。"

"也可以借给你用嘛。"信吾笑了。保子摇摇头。

菊子从娘家回来那天,信吾和修一一起下班回家。当晚在餐厅,全家人对菊子买的电动剃刀都很感兴趣。

菊子连招呼也不打就回了娘家,修一全家又逼她做了人工流产,如今一下子面对面坐下来,本来很尴尬,这回有了电动剃刀,可以说全靠这玩意儿调和气氛了。

房子早已为里子和国子穿上童装,对领口和袖口的刺绣花边赞叹不已,满脸喜悦。信吾一边阅读电动剃刀的使用说明书,一边当场表演。

全家人一起朝他望着,似乎都在关心电动剃刀的效果。

信吾一只手握着剃刀,在下巴上不停滑动,一只手不离那张使用说明书。

"这上面写着,女人脖颈的汗毛也很容易剃掉。"他说罢,看看菊子的面孔。

菊子鬓角和额间的发际秀媚无比,信吾似乎从未注意过那里。发际之间,微妙地描画出楚楚动人的线条。细白的肌理,鳖齐的黑发,鲜洁分明。

菊子略显苍白的容颜,反而衬托出两颊的红潮,双目怡悦,炯炯有神。

"爸爸得到了一件心爱的玩具。"保子说。

"不是玩具,而是文明的利器、精密的机器!附带机器号码,在机检、调整和出厂栏上都盖有责任人的图章。"

信吾心情很好,先顺着胡须剃,再逆着胡须剃。

"不必担心像一般剃刀那样划伤皮肉,或者过敏,也不需要肥皂和水。"菊子说。

"嗯,上了年纪的人皱纹多,普通剃刀用起来磕磕碰碰的。这个嘛,你也能用啊!"信吾正要交给保子。

保子缩起身子躲避着。

"我没有胡须。"

信吾注视着电动剃刀的刀齿,戴上老花镜又瞧了一下。

"刀齿不动,怎么剃的呢?光是小电动机旋转,刀齿不动。"

"哪里?"修一伸过手去,信吾早已交给保子了。

"真的呢,刀齿好像不动。可能就像吸尘器,把灰尘吸进去了。"

"不知道剃掉的胡须哪里去了。"信吾这么一说,菊子低着头笑了。

"既然收到了剃刀,那就买个吸尘器作为还礼吧,怎么样?洗衣机也可以啊,对菊子来说大有用场。"

"说的是。"信吾回应老妻。

"您说的什么文明的利器,咱家一件也没有。就说冰箱吧,每年都说要买要买,今年总该要买了吧。还有烤面包机,烤好的面包片自动跳出来,电源也随着切断了,便利极了。"

"老太太是在宣传'家庭电气化'吧?"

"爸爸老说疼儿媳妇,就是不肯做实事。"

信吾拔掉电动剃刀的电线。剃刀盒子里装着两只小刷子,一只像牙签,一只像瓶刷子。两只小刷子信吾都试用过了。他用那只瓶刷子扫刀齿的内部,突然向下一看,膝盖上落了一些极短的白毛。也只能看到白毛。

信吾悄悄掸了掸膝头。

三

信吾首先购买了吸尘器。

早饭前,菊子打扫房间的声音和信吾电动剃刀转动的响声混合在一起,信吾总觉得很滑稽。

不过,这也许是家庭焕然一新之后的音乐。

里子也很喜欢吸尘器,一直跟在舅妈身后走着。

因为有了电动剃刀,信吾做了一个关于下巴颏上的胡子的梦。

信吾不是梦中人物,只是个观众。因为是梦,出场人物和旁观者的区别并不明显。而且,又是信吾不曾涉足的美国的事情。后来信吾想,菊子买来的梳子也是美国货,所以才做了个美国的梦吧。

信吾的梦里,在美国的各州中,有的州英国人多,有的州西班牙人多。因此,胡子也各有特色。至于颜色和形态有何不同,梦醒之后已经记不清楚了。可在梦中,信吾能清晰地分辨出美国各州,即各人种胡须的差异。同时，尽管醒来之后忘记了州名，他也还记得梦里在某个州出现了一位集各州人种胡须特色于一身的男子。他的胡须并非将各类人种的毛发杂糅一处，而是一部分是法国人形态，一部分是印度人形态。一个人的胡须中聚集着各色人种的胡须。换句话说，此人的胡须里，一束束垂挂着美国各州各人种的不同毛发。

　　美国政府把这个男子的胡须指定为天然纪念物，一旦被指定为天然纪念物，此人便不得随便剪掉或打理胡须了。

　　就是这么一个梦。信吾梦见这位男子五颜六色的胡须，感到那似乎就是自己的胡须。此人关于胡须的骄傲与困惑，似乎也变成了自己的骄傲与困惑。

　　几乎没有什么情节，仅仅就是梦见一个长胡子的男人。

　　不用说，这个男子的胡须很长。或许因为信吾每天早上用电动剃刀将胡须剃得很干净，所以反而做了胡须一个劲儿疯长的梦。不过，将胡须指定为天然纪念物倒是很荒唐。

这是个天真的梦,信吾想着一早醒来要讲给全家人听,他静听着雨声,不一会儿又入睡了,但不久又被噩梦吓醒了。

信吾触摸着尖细而下垂的乳房。那乳房只是柔软,之所以没有胀大起来,全因为女人对信吾的手无动于衷。咳,多么叫人扫兴!

他虽然触摸到乳房,但不知拥有这对乳房的女人是谁。他不知道,也不想知道。没有女人的面孔和身子,只有两只乳房悬在半空里。此时,他这才思忖起这女子到底是谁。于是,他想到了修——一位朋友的妹妹。然而,信吾没有受到良心的谴责,他对那位姑娘的印象十分淡薄,她的身姿也很模糊。乳房虽不像是属于开怀的女子,但信吾并未将这女子当作处女。他通过手指感受到了她的纯洁无垢,猛然一惊。尽管困惑不已,但他并不觉得自己的行为有什么不好。

"我权且把她当作体育运动员吧。"信吾嘀咕着。

这种说法使他感到惊讶,随之,梦也破灭了。

"咳,多么叫人扫兴!"

信吾想起来了,这是森鸥外临终的话。他不知何时似乎在报纸上看到过。

一从可厌的梦境中醒来,就立即联想到鸥外的临终遗言,并且同自己梦中的言语结合在一起。这就是信吾自己的遁词吧。

梦中的信吾既无爱情,亦无欢乐,甚至没有淫乱之梦该有的淫乱情思。咳,多么叫人扫兴!随后,他从毫无意味的梦中醒过来了。

信吾没有在梦中侵犯那个姑娘,或许正要侵犯她。然而,若是因感动或恐怖,战战兢兢侵犯了那个姑娘,醒来之后,这种罪恶还会延续下去。

信吾回忆起近年来在淫乱的梦境中梦见的对象,大都是所谓品行低下的女子。今夜的姑娘也是如此。纵然在梦中,他也害怕因犯奸淫罪而受到道德的苛责,不是吗?

信吾想起修一那位朋友的妹妹,似乎胸脯圆润。菊子还未过门之前,那女子同修一曾经有过一段短暂的因缘。

"哦!"信吾心中划过一道闪电。

梦里的姑娘不就是菊子的化身吗?梦中,道德依旧在起作用,菊子不是借助修一朋友妹妹的形象现身了吗?而且,为了隐蔽乱伦,淡化苛责,他不是又将这位充当替身的朋友妹妹变成更加缺乏情致的女子了吗?

倘若信吾可以为所欲为,任意重新设定人生,那么,他不也可以爱上处女时代的菊子,也就是尚未做自己儿媳的菊子吗?

此种一直受到压抑和扭曲的心理,终于在梦中丑陋地表现了出来。信吾在梦中也将这些隐瞒下来,欺骗自己,不是吗?

信吾之所以假托自己梦见的是曾与修一有过一段因缘的姑娘,并使得姑娘的姿影模糊难辨,正是因为他极为害怕那女子就是菊子,不是吗?

事后想想,梦中人物一片模糊,梦的情节也一片模糊,他已经记不清,触及乳房的手也缺乏快感。信吾怀疑,梦醒之后,那些狡黠的因素是否已经在起作用,将一场梦境全然抹消了。

"这是梦。胡子被指定为天然纪念物是梦。所谓解梦是不可信的。"信吾用手掌抹了一下脸。

梦使得信吾倍感无聊,浑身发冷,醒来之后,却又让他心怀恐惧,汗流津津。

那场胡子梦之后,开始听到的细微雨音,而今随风大作,哗哗地打在屋顶上。榻榻米似乎也潮乎乎的。不过,这雨声听起来似乎在风暴过后就会停息。

信吾想起来,四五天前,在朋友家里看到了一幅渡边华山[1]的水墨画。画中的枯树顶上站着一只乌鸦。题目是:

枯树梢头不死乌,五月夜雨待黎明。

——登

信吾读罢这首俳句,明白了画的真意,以及

---

[1] 渡边华山(1793—1841),号登,又称愚绘堂。江户时代末期画家、兰学学者。因批判幕府政治受株连入狱,自刃而死。

华山的心情。

乌鸦立于枯木顶端,遭风吹雨打,期盼着黎明。画面以淡墨表现风雨威猛。信吾已记不清枯木的姿态,只记得高大的树干被拦腰刮断了。乌鸦的身姿倒记得很清楚,或许因为乌鸦是躺着的,或许因为它被大雨淋湿,也可能两方面原因都有,乌鸦稍稍显得臃肿。一根长喙,上半边墨色浓丽,粗硬、厚实。它的整个身体画得很大,生就一副深含嗔怒的圆目。双目虽然睁开,又似乎半睡半醒。

信吾只知道华山出身贫窭,切腹而死。然而,他从这幅《风雨晓乌图》中感受到了华山当时的心境。

或许朋友为了应合季节变化才将这幅画挂在壁龛里的吧。

"真是一只气宇轩昂的乌鸦啊!"信吾说,"我不太喜欢。"

"是吗?战时,我经常观赏这只乌鸦,心想,这叫什么乌鸦,乌鸦哪是这副样子啊?不过也有感觉沉静的时候。其实,如果华山那样的案情需要切腹,我们真不知要切几次哩!时代使然啊!"朋友说。

"我们也在等待黎明……"

今天,风雨交加的夜晚,朋友的客厅里依然悬挂着那幅乌鸦图吧。信吾仿佛看见了画面。

家里的鹞鹰和乌鸦今夜怎么样了呢?信吾思忖着。

四

信吾第二次梦醒之后,再也睡不着了,他等待着天亮。可他没有华山笔下那只乌鸦的意志和气魄。

即使对象是菊子或修一朋友的妹妹,在那种淫邪的梦境中,他却没有淫邪的欲念,不管怎么说,也是令人悲戚的,不是吗?

较之淫乱,这更显丑恶。这就叫衰老的丑恶

吧?

信吾在战争期间不曾受过女色的牵连,而且之后也一直如此。他还没到那样的年龄,便已经养成癖性。在战争的压抑之下,无法恢复原来的生命力,考虑问题的方法也被战争逼入褊狭的常识。

到了这把年纪之后,像自己这样的老人很多吗?信吾很想问问朋友们,但又怕受到嘲笑,被说成没出息。

在梦里即便爱上菊子又怎样呢?在梦中怕什么、忌讳什么呢?纵然在现实中,不是也可以暗暗爱上菊子吗?信吾试图换个想法。

老而欲忘少年恋,泪洒时雨透心寒。

芜村[1]的俳句浮上脑际,信吾的想法还是太陈腐了。

---

1 即与谢芜村(1716—1783),芜村为俳号,别号宰鸟、紫狐庵。江户中期俳人、画家,著有《新花摘》《夜半乐》《芜村句集》等。

修一有了情妇之后，和菊子的夫妻关系反而进一步深化了。菊子堕胎后，小两口的感情更加温馨。在暴风雨的夜晚，菊子对修一比寻常更加情意缠绵。即使修一深夜喝得烂醉如泥归来，菊子也是对他比寻常更百般体贴，全都给予谅解。

菊子到底是可怜呢，还是愚执呢？这一切皆出于菊子的自愿吗？或者说，她还没有觉悟，只是老老实实服从造化之妙、生命之波罢了。

菊子以不生孩子对抗修一，又以回娘家对抗修一，其间表露出自身的不堪忍受与悲伤。然而，两三天后归来，她仿佛忏悔自己的罪愆、抚慰自己的创伤般，又同修一言归于好了。

照信吾看来，也会觉得，咳，多么叫人扫兴！不过到底还是一件好事。

信吾甚至认为，可以暂时不管绢子的问题，等待它自然解决。

因为修一是信吾的儿子，菊子就必须做出如此让步，同修一结合吗？他们真的是这般理想的、同命相怜的夫妇吗？信吾一旦怀疑起来就没完没了。

信吾不想惊动身边的保子,他打开枕畔的电灯,但看不清几点钟了。外面似乎已经明亮,六点的寺钟该响了。

信吾想起新宿御苑的钟声。那是傍晚闭园的信号。

"就像教堂的钟声啊。"信吾对菊子说。那种感觉宛若走过某处西式公园的树木,前往教堂。御苑出口众人聚集之处,似乎就有一座教堂。

信吾起来了,他睡眠不足。

信吾不便再看菊子的面色,他和修一一起早早离开家门。

信吾突然问儿子:

"你在战争中杀过人吧?"

"谁知道呢,被我的机关枪射中的人也许死了吧。但可以说,机关枪不能算我开的火。"

修一露出不悦的神色,脸扭向一边。

白天停止的雨,夜晚又随风猛降起来。东京笼罩在浓雾里。

公司宴会结束后,信吾走出酒馆,被迫上了最后一辆汽车,负责将艺妓送回去。

两个上了年纪的艺妓坐在信吾身旁,三个年轻女子坐在后排人的膝盖上。信吾伸手绕到一人腰间的腰带前,一边把人往怀里拽,一边说:

"可以的。"

"打扰了。"一位年轻艺妓放心地坐在信吾的膝头。她约莫比菊子小四五岁。

为了记住这名艺妓,信吾乘上电车后想把她的艺名记录下来。然而,这念头只是一闪而过,转眼就被他忘了。

一

雨中

一

那天早晨,菊子首先看了报纸。

雨点似乎溅进门口的邮箱,把报纸淋湿了。菊子用煮饭的炉火烤干报纸,翻阅起来。有时候信吾早醒,也会起来拿报纸钻回被窝读。不过,平常拿早报都是菊子的事。

一般来说,菊子都是在送走公公和丈夫以后才开始读报。

"爸爸,爸爸。"菊子在格子门外低声呼唤。

"什么事?"

"您要是醒了,请出来一下……"

"哪里不舒服吗?"听菊子的声音,信吾如此想着,立即起身走出来。

菊子手拿报纸,站在走廊上。

"怎么啦?"

"相原君上报了。"

"相原被警察抓起来了吗?"

"不是。"

菊子后退了一下,递过报纸。

"啊,还是湿的。"

信吾不想接过来,他只伸出一只手,濡湿的报纸"啪啦"垂落下来。菊子接住报纸一端,双手捧起来。

"我看不清啊,相原怎么啦?"

"他殉情自杀了。"

"殉情……?死了?"

"报上说,有望保住性命。"

"是吗?等我一下,"信吾松开报纸,正要离去,"房子还在睡吗?她在家里?"

"是的。"

昨晚房子确实带着两个孩子睡在家里,不可

能和相原一道殉情,也不可能登在今天的早报上。

信吾望着厕所窗外的狂风暴雨,想平静一下心情。山脚下的芒草耷拉下来,雨滴顺着长长的叶子迅速流淌。

"下得好大啊,不像是梅雨。"

信吾这样对菊子说着,坐在餐厅里,手里拿起报纸。刚要开始读报,老花镜从鼻子上滑下来。他咂咂舌头,摘掉眼镜,从鼻梁到眼角胡乱揉了揉。这块地方油腻腻的,令人心里很烦躁。

正读着这则简短的报道,眼镜又滑下来了。

相原是在伊豆莲台寺的温泉旅馆自杀的。女方死了,看样子像是二十五六岁的女招待,不过身份尚未弄清楚。男的长期吸毒,或许可以保住一条命。男方本就吸毒,又没有留遗书,看来男方那边有蹊跷。

眼镜滑到鼻尖上了,信吾恨不得一把拽下来扔掉。

究竟是为相原的殉情自杀而生气,还是因眼镜滑落而急躁呢?两者很难区别。

信吾用掌心使劲揉搓着脸孔，走向洗漱间。

报上说，相原在旅馆的房客住址簿上写了"横滨"。没有出现妻子房子的名字。

这则报道没有涉及信吾一家。

住在横滨，当然是谎言。或许他没有一定的住处，或许房子已不再是他的妻子。

信吾先洗脸，后刷牙。他仍然认为房子是相原的妻子，因此觉得心里既烦乱又迷惘，或许这仅仅来自自身的优柔与感伤。

"这就是所谓的时间能解决一切吗？"信吾嘀咕道。

信吾迟迟未能解决的问题，时光不是终于给解决了吗？

不过，相原落到这种地步之前，信吾难道就没办法救他一把吗？

还有，是房子逼使相原走向毁灭，还是相原引导房子堕入不幸？很难弄清楚。或许两人都既有逼使对方走向毁灭与不幸的倾向，又有受对方引导堕入毁灭与不幸的倾向。

信吾回到餐厅，一边啜着热茶，一边说道：

"菊子，五六天前，相原把离婚申请书邮寄来了，你知道吧？"

"知道，爸爸很生气呢……"

"是啊，是很生气。房子也说，这太侮辱人了。那或许是相原临死前的最后一个交代吧。相原的自杀是有所觉悟的自杀，并非想欺骗谁，只是让那女人白白赔了条命。"

菊子秀眉颦蹙，默不作声。她穿着粗条纹的丝绸衣裳。

"把修一叫醒，让他到这儿来。"信吾吩咐道。

站起身离去的菊子，也许因为穿上了和服，看上去似乎又长高了。

"听说相原出事了？"修一问信吾，随手拿起报纸。

"姐姐的离婚申请书送去了吧？"

"不，还没有。"

"还没有送出去吗？"修一抬起头来，"为什么?哪怕今天尽快送去也好嘛。相原要是救不活,那不等于死人提出离婚了吗?"

"可是两个孩子的户籍怎么办呢?相原丝毫没有提到孩子的事。年龄幼小的孩子,没有选择户籍的能力。"

房子也盖了章的离婚申请书,一直在信吾的手提包里,跟着他来往于自家与公司之途。他不时打发人去给相原的母亲送点钱,本想请那人也一起将离婚申请交到区政府,但还是一天天拖延下来了。

"反正孩子已经住到家里,没法子了。"修一泄气地说。

"警察会不会到咱家来呢?"

"来干什么?"

"问问谁负责照顾相原什么的。"

"不会来的吧。为了不出现这种情况,相原已经寄来离婚申请了。"

隔扇豁地被拉开,房子穿着睡衣走出来。她没有仔细读,就把报纸撕成碎片,向外面扔去。

但她撕碎时过分用力,想扔也没能扔出去。她似乎要躺倒在地,拂开满地的报纸碎屑。

"菊子,把那里的隔扇关上吧。"信吾吩咐道。

透过房子打开的隔扇,可以看见两个孩子的睡相。

房子两手颤抖,继续撕着报纸。

修一和菊子默然无语。

"房子,你不想去接相原吗?"信吾问。

"不去。"

房子一只胳膊肘支在榻榻米上,猛然转过身来,吊起眼睛,斜睨着信吾。

"爸爸,您把自己的女儿当成什么人了?太窝囊啦!人家把亲生女儿逼到这种地步,您一点都不觉得气愤吗?爸爸要是不怕丢人现眼,可以亲自去接他嘛。究竟是谁把我许给那种男人的?"

菊子向厨房走去。

信吾是突然不小心将心中浮现的想法说出口了。他一直在想,房子趁着这时候去接相原,一时分手的两个人或许会破镜重圆，小两口的一切都可以重新开始，这在当今的社会上也是可能的。

二

相原是死是活，后来的报纸上再也没有报道过。

区政府受理了离婚申请书，可见户籍上尚未注明相原已经死亡。但即便已死，相原也会被当作无名尸体埋葬，不是吗？估计不会有这等事。他还有个腿脚不灵的母亲。即便老母亲不看报，相原的亲友中也会有人告诉她的。信吾想，看来相原是救过来了。

不过，一厢情愿地把相原的两个女儿领养过来就算了结了吗？尽管修一已经态度明确，但信吾总是有所顾虑。

眼下，两个外孙女已经成为信吾的负担，最后也会成为修一的负担，修一似乎未曾想到这一点。

　　且不说养育的负担，房子和外孙女今后的幸福已经失掉了一半，这也关系到信吾的责任，不是吗？

　　还有，信吾递交离婚申请书时，与相原相好的女子也浮上他的脑际。

　　女子的确死了。可这个女子的生死算什么呢？

　　"会变成妖怪吧，"信吾嘀咕着，心中不由一惊，"她的一生太无聊了。"

　　如果房子和相原彼此相安无事，那女子也不至于殉情。所以，信吾也不能完全摆脱迂回杀人的干系。这么一想，不就泛起吊慰那个女子的菩萨心肠了吗？

　　然而，他心里无从想象那个女子的身影，倒是浮现出菊子的孩子的形象。自然不是及早打掉的胎儿的影像，信吾想到的是可爱的婴儿的形象。

　　这孩子没有生下来，不也是他迂回杀人的结果吗？

令人烦躁的阴湿日子还在继续,甚至连老花镜也滑腻腻的。信吾的右胸感觉很沉闷。

梅雨转晴的时期,阳光猝然照射下来。

"去年夏天,盛开着向日葵的邻居家,今年种的是什么花啊,好像是开白花的西洋菊嘛。像约好了似的,四五家一排,都开着同样的花,挺有意思的。去年一律都是向日葵。"信吾一边穿裤子,一边说着。

菊子手拿上衣,站在他面前。

"不是因为向日葵都被去年的一场暴风雨刮断了吗?"

"或许是吧。菊子,这阵子你似乎长高了。"

"是的。来咱家之后,虽然也一点点逐渐变高,但这段时间似乎长得更加迅速哩。修一也感到惊奇啊。"

"什么时候……?"

菊子蓦地羞红了脸蛋,转到信吾身后,给公公披上上衣。

"我觉得你长高了,也不光因为穿和服。你

嫁来咱家之后,已经有些年头了,身高还在增长,这真好啊!"

"发育得晚,身高不够啊。"

"倒不是,那也很可爱嘛。"信吾说罢,心里觉得菊子水灵剔透,十分可爱。菊子长高了,修一搂在怀里时也会感觉得到吧?

失掉的婴儿的生命,也在菊子体内增长,信吾一边想象着,一边跨出家门。

里子蹲在路边,眼瞅着附近的女孩们玩过家家游戏。

她们把鲍鱼壳和八角金盘的绿叶当盘子,再把青草切得细细的,盛在盘子里。信吾很感动,他停住脚步。

大丽花和雏菊花瓣也被切碎,装进盘子里增加色彩。

女孩们又铺上草垫,那些草垫上印下了雏菊浓丽的花影。

"是的,那是雏菊。"信吾若有所思地嘀咕一声。

三四家一排,都种植了雏菊,取代了去年的向日葵。

里子年幼,似乎还不能入伙。

信吾迈开步子。

"爷爷!"里子叫喊着追上来。

信吾一直牵着外孙女的小手,走到道路尽头一角。里子跑着回家的影子,也很像夏天该有的样子。

公司的办公室里,夏子露出白嫩的臂膀在擦窗玻璃。

"你呀,看没看今天的早报?"

"嗯。"夏子迟钝地回答。

"说是报纸,也弄不清哪一家,那个什么来着……"

"是报纸吗?"

"忘记是在什么报上看到的。哈佛大学和波士顿大学的社会学家们,对千名女秘书发出问卷调查,问她们最喜欢什么,她们异口同声地回答:有人在身边时受到表扬最高兴。女孩们,不分东西方,大概都是一样吧?你怎么样呢?"

"那该多难为情啊!"

"羞涩和高兴大多是一致的。被男人求爱时,不也是很高兴的吗?"

夏子望着地上,没有回答。信吾想,夏子更像一位当代罕见的少女。

"谷崎或许属于这一类吧?要是在人前多给过她几次表扬就好了。"

"刚才谷崎小姐来过了,八点半左右。"夏子多嘴多舌说了一句。

"是吗?说什么来着?"

"她说中午再来一趟。"

信吾立即有了不祥的预感。他一直等着,没有出外吃午饭。

英子拉开门扉,伫立不动,哭丧着脸喘息着,望着信吾。

"哎呀,今天没拿鲜花来嘛。"信吾想掩饰心中的不安。

英子仿佛在责备他不该如此随便,颇为严肃

地走过来。

"又要避人耳目吗?"

夏子已经外出午休了,室内只有信吾一人。

听说修一的情妇怀孕了,信吾不由一怔。

"我对她说,你不能生下来,"英子颤动着薄薄的朱唇,"昨天下班路上,我拉住绢子小姐对她说的。"

"唔。"

"难道不是吗?她太过分啦。"

信吾无法作答,阴沉着面孔。英子是顾及到菊子才这样说的。妻子和情妇前后怀了孕,世间也许会有此等怪事,但发生在自己的儿子身上,信吾倒是没有料到。而且,菊子做了人工流产。

三

"看看修一在吗,叫他来一下……"

"是。"

英子掏出小镜子,犹豫了一下:"这张脸好奇怪,太难为情啦。再说,绢子小姐或许也知道我来告她的状。"

"啊,是吗?"

"如今为这件事,哪怕辞掉这家店里的工作也无妨……"

"不必了。"

信吾抄起桌上的电话询问着。有别的职员在,眼下他不愿同儿子见面。修一不在公司。

信吾约英子去附近一家西餐馆,两人出了公司。身材矮小的英子紧挨在信吾身边,抬头看看他的脸色,低声说道:

"我在您办公室工作那阵子,跟您只跳过一次舞,还记得吗?"

"嗯,你头上还扎着白色缎带呢。"

"不是的,"英子摇摇头,"我用白色缎带扎头发,那是暴风雨过后的第二天。正是那天,您问起绢子小姐的事,使我很为难,所以我记得很清楚。"

"是这样啊。"

可不是吗,信吾想起来了,那天他从英子口中听说,绢子沙哑的嗓音很性感。

"那是去年九月,自那之后,修一的事也让你操碎了心。"

信吾出来没有戴帽子,头皮被晒得火辣辣的。

"丝毫没起到作用呀。"

"是我没能让你发挥作用,我们这个家令我很惭愧。"

"我很尊敬您。离开公司后,反而越发怀念了,"英子的语调很奇妙,吞吞吐吐好半天,这才接下去说,"我对她说你不能生下来。绢子小姐一副'你神气什么'的样子说,'这事你不懂,你知道什么呀?请你不要多管闲事'。最后她又说,'这是我自己肚子里的事'……"

"唔。"

"绢子对我说,'是什么人叫你跑来对我说出这样的怪话?要是想要修一君和我分手,只要修一君提出来,我就只得分手。但生孩子是我自己的事，谁都管不着。至于乍下来是好是歹，有本事你问问我肚子里的胎儿看吧'……绢子小姐看我年轻，对我冷嘲热讽，伹她反而对我说，'请你不要嘲笑人'。绢子小姐或许要生下那个孩子。后来仔细想想，她和那位战死疆场的前夫没有生过孩子。"

"唔？"信吾边走边点头。

"也可能是我招惹了她，她才那么说。她也许不打算把孩子生下来。"

"多长时间了？"

"四个月了。我倒是没注意，店里人都知道……据说老板也问清了内情，规劝她不生为好。绢子小姐手艺好，要是因为生孩子辞掉工作，那真是太可惜啦。"英子一只手支着半边面颊说道，"我不知内情，只是来通报一下。请您同修一君商量商量看吧……"

"嗯。"

"您要是想见绢子小姐，还是早一点好。"

信吾也在考虑这事，正巧英子也提到了。

"上次来过公司的那个女子,还和绢子小姐住在一起吗?"

"是池田小姐。"

"是的,她们谁大?"

"看样子,绢子小姐比池田小姐要小两三岁。"

饭后,英子微笑着跟着信吾走到公司门口,几乎要哭了。

"失陪啦。"

"谢谢。你现在就回商店吗?"

"是的。绢子小姐近来大都是提前下班,她在店里待到六点半回家。"

"我总不能去你们店里啊!"

英子似乎在敦促信吾今天和绢子见面,这使他很郁闷。

信吾也不忍心回镰仓家里见菊子。

当初菊子做流产手术,是因为她的洁癖,她不能接受在修一有情妇的情况下生孩子。可她肯定从未想过修一的情妇会怀孕。

信吾知道菊子做手术的事后,菊子在娘家住

了两三天，回来后夫妻关系显得很和谐，修一每天很早回家，对妻子体贴入微。这究竟是怎么回事呢？

往好里说，修一也许对一心想生孩子的绢子也很头疼，想远远躲开她，以此表达对妻子的歉意。

然而，信吾的脑海里始终笼罩着一种不祥的颓废与背德的腐臭。连胎儿的生命也浸染着魔力，这感觉究竟是从哪里产生的呢？

"生下来的是我孙子吗？"信吾自言自语。

一

蚊群

一

信吾沿着本乡大道的大学一侧走了好半天。

他从商店一侧下车,绢子的家就在这边的短巷里,但他故意穿过电车线,走到了对面。

为了去儿子情妇家,信吾苦苦犹豫了很久。这是听听绢子妊娠后的第一次相见,信吾怎么好断然说出"莫把孩子生下来"之类的话呢?

"这不就是杀人犯吗?用不着弄脏老人的手,"信吾独自嘀咕着,"不过,一切事情的解决环节都很残酷。"

解决应该是儿子的事,容不得父母插手。信吾不曾和修一商量就到这里来了,这证明他已经不再相信儿子了。

究竟从何时起,父子之间产生了意想不到的隔阂呢?信吾百思不解。到绢子家中一事,与其说是他代替儿子前来解决问题,毋宁说他可怜菊子,为了菊子愤然而起,不是吗?

火烈的夕阳,仅仅残留于大学树林的梢顶,人行道上是一片清荫。身穿雪白衫裤的男大学生们,与女同学们一起坐在校园内的草坪上,令人联想到这是个梅雨暂晴的天气。

信吾向脸上抹了一把,酒醒了。

距绢子下班还有一段时间,信吾随即约了别的公司的朋友去西餐馆吃晚饭。因为是久未见面的朋友,他忘记了对方是个酒豪。未上二楼餐厅前,朋友就在一楼酒馆豪饮起来,信吾也稍稍喝了一点,其后又坐在酒馆里。

"怎么,这就回去吗?"朋友不由一愣。朋友说,阔别已久,估计会有好多话说,所以事先向筑地那边的家中打了电话。

信吾对那位朋友说,他要去见一个人,约莫

一小时光景。说罢,走出那家酒馆。朋友在名片上写上自己在筑地的住址和电话,交给信吾。信吾不打算去他家里。

他一边沿着学校的围墙走,一边寻找马路对面小巷的入口。虽然记忆有点模糊,但并没有走错路。

跨入朝北的晦暗玄关,粗劣的鞋柜上放着一盆西洋花草,挂着一把女用洋伞。

厨房里走出一位穿围裙的女子。

"哎呀!"她表情僵硬,脱去围裙。她穿着深蓝色的裙子,光着脚。

"是池田小姐吧?您曾去过我们的公司……"信吾说道。

"啊,那次是英子小姐带我去的,太失礼啦。"

池田将围裙团成团儿握在一只手里,跪坐地上朝信吾瞧了一眼,似乎在问他有何贵干。她的眼角有些雀斑,大概是没有施粉脂的缘故,雀斑较为显眼。细鼻梁,单眼皮,虽然略显纤弱,却是一副白皙而端正的面孔。

崭新的上衣想必是出于绢子之手吧?

"我是来见见绢子小姐的。"

信吾似乎求她帮忙。

"是吗?她还没有回来呢,快要下班了。请进来坐一会儿吧。"

厨房里飘来煮鱼的香味。信吾本打算等绢子回家吃过晚饭之后再来,但池田的好意难却,便随她走入客厅。

八铺席的房间,壁龛里堆积着时装书籍,外国流行杂志也很多。一旁站立着两个法国偶人。装饰性的衣裳的颜色与古旧的墙壁很不协调。缝纫机上耷拉着正在缝制的衣服,这种艳丽的花纹也越发反衬出榻榻米的杂乱无章。

缝纫机左侧放着一张小桌,桌面上摆着小学课本、男孩的照片。缝纫机和小桌之间放着一张梳妆台,后面的壁橱前立着一面大穿衣镜,十分显眼。或许绢子会将做好的服装先在自己身上比试一下,对着镜子瞧上一瞧。也可能是做些私人活计,为顾客先试试半成品用的。穿衣镜旁边安设着一张大熨衣台。

池田从厨房里端来了橘汁。她看到信吾正在盯着男孩的照片,直截了当地说道:

"他是我儿子。"

"是吗?上学了吧?"

"不,孩子不在这里,我让他留在丈夫家里了。那些书嘛……我不像绢子小姐有份固定工作,我只是干点家庭教师之类的活儿,有六七家呢。"

"是吗?看起来不只是一个孩子的教科书啊。"

"是的,我教的孩子各个年级都有……和战前的小学大不一样啊。教书,我教得不很好,只是和孩子们一起学习,有时觉得像是和自己的孩子在一起……"

信吾只是点头,面对这位战争寡妇,他无话可说。

就连绢子都有工作。

"您怎么知道这个地方的呢?"池田问,"是修一君告诉您的吗?"

"不,以前来过一次,不过没进来。好像是去年秋天。"

"哦,去年秋天?"

池田抬起头看看信吾,又低下眉来。她沉默了一会儿。

"最近,修一君没来过呀。"她这句话似乎在顶撞。

信吾忖度着,该不该告诉池田他今天来这里的目的。

"听说绢子小姐怀孕了。"

池田突然耸动一下肩膀,朝着自己孩子的照片瞥了一眼。

"她打算生下来吗?"

池田继续瞧着自家孩子的照片。

"这事请直接问绢子小姐吧。"

"那倒是的。但这么一来,母亲和孩子都会很不幸啊。"

"不管生不生孩子,要说绢子小姐不幸也确实不幸。"

"不过你也劝过她要和修一分手吧?"

"是呀,我也是这么想……"池田说,"可是绢子小姐比我倔强,她不听我的规劝。我呀,虽然和绢子小姐性格不大一样,但和她很合得来。自从在战争遗孀会上认识后,我们就一道生活了。她经常鼓励我。我俩既离开了婆家,也不回娘家,乐得个自由之身。我俩都向往自由,丈夫的照片带是带来了,却塞进了箱子,而把孩子的照片找出来,摆在桌面上……绢子小姐看了很多美国杂志,也利用字典看法国杂志。据她说,都是关于西式剪裁的,文字很少,大都能看明白。估计不久后她自己也会开店吧。我俩明明也谈到过,要是能再婚就再嫁一次吧,但我始终弄不明白,绢子小姐为何要同修一君在一起。"

门开了,池田立即走了出去。信吾能听见她说话。

"您回来了,尾形君的父亲来了。"

"找我的吗?"那声音很嘶哑。

二

绢子似乎去厨房喝水,传来水龙头的响声。

"池田小姐,你也来吧。"绢子回头招呼着,走了进来。

一身华丽的西装和裙子,或许是身材高大的缘故,信吾看不出她是否怀孕。他难以想象,那小巧微细的樱唇之间,竟会吐露出嘶哑的嗓音。

客厅里有镜子,她像是用小粉盒补过妆之后再进来的。

信吾初见绢子,对她并没有什么不好的印象。正中略显低平的圆脸,也不像池田所说的那般意志倔强。两手胖乎乎的。

"我是尾形。"信吾说。

绢子没有回应。

池田进来了,她坐在小桌前,面朝着这边。

"客人等你很久啦。"池田说罢,绢子依旧沉默不语。

绢子明朗的容颜,或许因为没有露骨地显现

出反感和困惑，反而像是要哭的样子。信吾想到就在这个家里，修一喝得烂醉，逼使池田唱歌时绢子啼哭的情景。

看来，绢子是沿着酷热难耐的大街急匆匆赶回来的。她满脸火红，高高隆起的前胸一起一伏。

信吾很难说些带有刺激性的话语。

"我的来访似乎有点奇怪，但我必须来见见面……你不难猜出我是为什么事而来。"

绢子依旧不作答。

"自然是为了修一的事。"

"要是修一君的事，没有什么好说的。要我道歉吗？"绢子突然反驳道。

"不，道歉的应该是我。"

"我已经同修一君分手了，不会再给你们家添麻烦啦，"接着，绢子看看池田，"好了，这样可以了吧？"

信吾吞吞吐吐老半天，问道：

"你不是要留下个孩子吗？"

绢子的脸色蓦然变得苍白起来，憋足浑身力

气说道:

"您在说些什么呀?我听不明白。"她声音低沉,嗓子更为嘶哑。

"对不起,你不是有身孕了吗?"

"这种事,我非得回答您不可吗?一个女人想要个孩子,旁人又怎能阻止呢?男人又怎么会明白呢?"

绢子只顾滔滔不绝说下去,早已热泪盈眶了。

"你说旁人,可我是修一的父亲,你的孩子也是有父亲的呀。"

"没有。只是战争寡妇下决心生个私生子罢了。我别无所求,只求您让我把孩子生下来。您还是发发慈悲放过我吧。孩子在我肚子里,是属于我的。"

"那倒是的,不过你将来结婚,也还是会生孩子的……即使不生下这个不自然的孩子……"

"您以为不自然吗?"

"不。"

"今后我不一定会结婚，也不一定会有孩子。您是在替神作预言吗？我从来没有过孩子啊。"

"说到你和孩子父亲的关系，不论对你还是对孩子，都会带来痛苦。"

"战死者的孩子有的是，都给母亲造成痛苦。就当是战争期间去了南方，把混血儿留在了那里。这么想就行了。女人们把被男人忘诸脑后的孩子抚养成人。"

"我是说修一的孩子。"

"府上可以不闻不问，我发誓，我绝对不会哭求你们。而且我已经同修一君分手了。"

"不能那么说，孩子未来的时间很长，父子情缘割也割不断。"

"不，不是修一君的孩子。"

"你也许知道，修一的媳妇还没有生过孩子。"

"少奶奶想生多少就可以生多少。不生个孩子总要后悔的。家境优越的她不会理解我的心情。"

"你也不理解菊子的心情。"

信吾无意中说出了菊子的名字。

"是修一君让您来找我的吗?"绢子一副诘问的口气,"修一君叫我不要生孩子,他打我、踩我、踢我,为了拉我去找医生,把我从楼上拖下来。他变着法儿对我施行暴力,以此彰显对少奶奶的夫妻情谊,还不够吗?"

信吾一脸苦涩的表情。

"对吧,太凶恶了。"绢子回头看看池田,池田点点头。

"绢子小姐眼下把做西服剪裁的剩布料积攒起来,打算为孩子缝尿布之类的呢。"池田对信吾说。

"被他踢过之后,我很担心胎儿,后来找医生看了,"绢子接过话头,"我对修一君说了,这不是修一君的孩子。不是你的孩子。就这样,我们分手了,他也不来了。"

"这么说是别人的……?"

"是的。您这么理解也可以。"

绢子仰起脸,她一直泪流不止,如今新泪又

沿着面颊潸潸流淌。

信吾困顿难支,眼中的绢子显得愈加清秀。他仔细审视着她的五官,虽然谈不上端庄婧丽,但立即给信吾留下了美人的印象。

然而,像绢子这类女子,不会因为温柔可亲就让信吾靠近半步。

三

信吾垂头丧气地离开绢子的家。

绢子接受了信吾开具的支票。

"你要是真和修一君分手,还是接受的好。"池田淡然地说,绢子点点头。

"是吗,这算是分手费?我成了领分手费的人了呢。要不要写张收据?"

信吾叫了一辆出租车,他难以判断,是该让她和修一言归于好并同意堕胎,还是就此不再与她来往。

绢子似乎对修一的态度和信吾的来访颇为反感，愤愤难平。作为女人希望有个孩子的悲切愿望也十分强烈。

再让修一接近她也很危险。但这样下去，她就会把孩子生下来。

倘若真像绢子所说的，是旁人的孩子也好，可修一也弄不明白。绢子一时意气用事，修一简单相信了她，其后不再闹事，倒落得个天下太平。但出生的孩子俨然存在于世，哪怕自己死后，陌生的孙子还活着。

"这叫什么事啊！"信吾嘀咕着。

相原和情妇决心殉死，便急忙提出离婚。信吾领回了女儿和两个孩子。修一即便同女人分手，孩子也存在于世上的某个地方，不是吗？这两桩事都谈不上彻底解决，不过是临时凑合罢了。

自己没有对任何一方的幸福发挥作用。

另外，和绢子对话时自己糟糕的言谈，他也不愿再回想一遍。

信吾本打算从东京站回家，但发现了口袋里

朋友的名片,便乘车绕到筑地住宅小区。

他想向朋友诉说一番,不过朋友同两位艺妓喝孽了,不像样子。

信吾回忆起,有次宴会后坐车回家,一个年轻艺妓坐到了他腿上。那女孩一来找他,朋友就议论开了,什么不可轻视啦、很有眼力啦,净是些不入流的话题。长相记不住了,倒是记住了她的芳名。因为在信吾眼里,那是一位极为出众的、可爱而高雅的艺妓。

信吾领着女孩子进入小房间,他什么也没干。无意之间,女人亲密地将脸靠在信吾的胸脯上了。信吾看她似乎在谄媚,但早已睡着了。

"睡了?"信吾瞅了一眼,因为靠得太近,看不见她的脸。

信吾笑了。他在这个紧贴胸前、静谧入睡的女孩身上,感受到温情的抚慰。她比菊子小四五岁光景,大概不到二十岁吧。

大凡娼妓都有着一份悲惨的灵魂,但这小小年纪的女子依偎在他怀里安睡,使他感受到一种温馨的幸福。

他想,所谓幸福,或许就是转瞬即逝的渺茫之物。

信吾朦胧地觉察到,性爱之中大概也包含着贫瘠与丰富、幸福与不幸。他悄悄摆脱出来,乘上末班电车回家了。

保子和菊子还未就寝,婆媳俩坐在餐厅里等着。深夜一点多了。

信吾有意不去看菊子的面孔,他问:

"修一呢?"

"他先休息了。"

"是吗?房子也睡了?"

"是的。"菊子一边整理公公的西装一边回答,"今天晚间天气还好,眼下或许又阴下来了吧。"

"是吗,我没注意啊。"

菊子站起身来时,手里信吾的西装掉落在地上。她又把裤子的褶痕抻了抻。

信吾发现菊子的头发变短了,她似乎去了美

容院。

听着保子的呼吸声,信吾难以成眠,入睡后立即做起梦来。

梦中,他成了一名年轻的陆军将官,全身戎装,腰插一把日本刀,佩戴三把手枪。军刀曾给修一出征时使用过,据说是传家宝。

信吾走在夜间山路上,身后跟着一位樵夫。

"夜路危险,很少有人夜间出行。走在右侧比较安全。"樵夫说。

信吾随即转到右侧,他感到不安,打起手电。手电的玻璃周围镶满宝石,闪闪夺目,比一般手电明亮多了。视野明亮后,他发现眼前有个黑魆魆的东西挡住去路,是两三棵树干连在一起的大杉树。但仔细一看,原来是蚊群聚合在一起。蚊群形似巨树,怎么办呢?信吾思索着。穿过去!信吾拔出日本刀,朝着蚊群东劈一刀,西砍一刀,挥舞不停。

蓦然回头一看,樵夫连滚带爬地逃走了。信吾的军服各处都起火了,好奇怪,信吾因而变成了两个人。另一个信吾,眼睁睁瞧着军服着火的信吾。火苗沿着袖口、肩膀弧线、末端等处明灭闪烁,没有熊熊燃烧,而是好似火苗纤细的炭火,发出毕毕剥剥的响声。

信吾终于回到自己家里,在童年时代的信州乡下老家,他也见到了保子美丽的姐姐。信吾非常疲倦,但丝毫不觉得瘙痒。

逃脱的樵夫不久也抵达信吾家中,他一到达,随即昏倒在地。

信吾从樵夫身上,捉到满满一大铁桶的蚊子。

不知是如何捕捉的,信吾明明白白地看到满铁桶的蚊子。他醒了。

"蚊帐里进蚊子了吧?"他想侧耳静听,脑袋却模糊、沉重。

下起雨来了。

一

蛇
蛋

一

刚入秋之后,兴许还残留着夏天的疲惫,信吾有时候会在回家的电车上睡着。

下班时间的横须贺线,每隔一刻钟发一趟车。二等车厢并不那么拥挤。

信吾如今还是迷迷糊糊很不清醒,朦胧的脑子里浮现出洋槐树的林荫路。那些洋槐树顶端全都挂满花朵,信吾走在那里时,心想,东京林荫路的洋槐树也开花啊。这条路自九段下通往皇居护城河方向。八月中旬,下着小雨的一天,林荫路中只有一棵洋槐树下的柏油路上撒满落花。这是怎么回事呢?信吾在车厢里回头张望,印象很深。那是青黄色的小小花朵。纵使没有那一棵树落花，林荫路的洋槐树开花这一印象，也会留在信吾的脑子里。因为这出现在他去医院探视一位患肝癌的朋友之后归来的途中。

说是朋友，其实是大学时的同年级同学，平素不大来往。他看起来相当衰弱。病房里只有一位贴身护士。信吾也不知道这位同学的妻子是否健在。

"能见到宫本吗？即使见不到，也请给他打个电话，托他弄到那个东西好吗？"

"那个东西？"

"过年同窗会上谈起过的那种东西。"

信吾想到了氰化钾。看起来这位病人已经知道自己是癌症了。

在信吾这帮年过六十的老人的集会上，老年病呆和恐癌心理是谈论的主题。有人说，宫本的工厂里使用氰化钾，因而，一旦患上不治之症，可以向他要点那种毒药。因为受不了疾病长期的残酷折磨。再说，一旦被宣布死刑，自己应该有选择死于何时的自由。

"不过那只是趁着酒兴闲扯的话啊。"信吾不太愿意说下去。

"不用,我不会用的。正如那时候说的,我只是觉得应该有这种自由。有了这个,想到什么时候都可以死,就有了承受今后病痛的力量,是吧?我最后的自由、唯一的反抗,不就是这一点吗?不过,我保证不会用的。"

朋友说话时,眼里闪耀着光辉。护士编织着白色毛线衣,沉默不语。

信吾没托宫本办事,就那么放下了。但必死无疑的病人也许真的在等着这种东西,他一旦想起就觉得厌烦。

信吾从医院回来,走到洋槐花盛放的林荫路旁,这才安下心来。刚才打盹的时候,脑子里浮现出洋槐树林荫路,依然是心里放不下病人的缘故。

然而,信吾还是睡着了。他突然醒来,电车停下了。

这里不是车站。

电车一停下,相邻的轨道随即传来反向行驶的电车的轰鸣。信吾或许是被震醒的吧。

信吾乘坐的电车走走停停,缓缓移动。

一群孩子顺着狭窄的小路向电车的方向跑来。有的乘客从车窗探出头来,望望前方。

左侧窗户可以看到工厂的混凝土围墙,围墙和轨道之间有一条流淌着混浊污水的小沟,一股恶臭直接冲进车厢。右侧窗户可以直直看见孩子们奔跑而来的小路。一只狗将鼻子探进路边的青草丛中嗅了嗅,好半天不动。

小路和轨道相交之处,有两三座旧木板钉成的小屋。洞穴般的四边形窗户,一个看样子有点痴呆的小姑娘正探出头来向电车招手。她的手软弱无力地晃动着。

"一刻钟前开出的电车在鹤见站发生事故,现在是临时停车。让大家久等了。"列车员说。

坐在信吾前排的外国人,摇醒年轻的伙伴,用英语问:

"他说些什么?"

青年两手搂着外国人的壮实臂膀,面颊贴着那人的肩头睡着了。他醒来后,依旧没有改换原来的姿势,撒娇般地抬眼看看外国人。青年睡眼惺忪,红红的眼窝凹陷着,染着满头赤发,发根已长出些黑色,有的则现出黄褐色,脏兮兮的。唯独发梢是异样的红。信吾想,他或许是专门瞄准外国人的男妓。

青年把外国人放在膝头的手掌翻过来,掌心向上,再把自己的手叠上去,轻柔地握住,宛若一位心满意足的女子。

外国人穿着短袖衬衫,裸露着棕熊般毛森森的臂膀。他大腹便便,脖子粗壮,看上去扭一下身子都困难。青年虽然体型不算太小,但外国人人高马大,青年看上去简直就像个小孩子。看样子外国人对青年的纠缠全然无动于衷,神色惶恐不安。他满脸红润,和皮肤灰黄、精神疲惫的青年形成鲜明对比。

外国人的年龄一眼难辨,不过他有一颗硕大

的秃头,脖子上布满皱纹,裸露的臂腕上还有不少斑点。信吾想,他可能和自己的年岁差不多。信吾一想到这里,就觉得这个人像一只巨大的怪兽,来到外国就是为了征服这个国家的青年。青年穿着一件红褐色的衬衫,顶上的一粒扣子敞开着,露出了胸前的骨头。

信吾觉得这个青年不久就会死去,随之移开了目光。

臭水沟两边长满一簇簇艾蒿,郁郁青青。电车依然停住不动。

二

信吾嫌蚊帐太憋闷,已经不挂了。

保子叫苦连天,每晚都要特意地打一阵蚊子。

"修一他们都还挂着呢。"

"那你就睡到他们那儿去。"信吾望着已经撤去蚊帐的天花板。

"我怎么好到他们那儿去呢?从明晚开始,我到房子那里睡去。"

"是的,还可以搂个外孙女睡。"

"里子下面还有个小妹妹,干吗还要那么缠着母亲不放呢?她该不会有什么异常吧?有时候眼神很怪的。"

信吾没有作答。

"也许没有父亲就会那样吧。"

"若能使她更喜欢你,会好一些。"

"我喜欢国子,"保子说,"您也该让她跟外公更亲些。"

"相原到底是死是活,到现在都没人来说过。"

"他已经提出过离婚了,就算了结了吧。"

"了结了就算行了吗?"

"也是啊。不过,即便他活着,也不知道住在哪儿……唉,婚姻失败了,也就死心啦。但离婚时还撇下两个女儿,就到了这般田地。看来,结婚也是很难指望的一件事。"

"就算婚姻失败了,总还会保留点美好的情分吧。要说怪房子,那也确实是。相原白活了这一辈子,他尝尽了痛苦,可房子呢,也没有给他什么温情。"

"男人一旦自暴自弃,有的使女人束手无策,有的不愿接近女人。房子要是遭到遗弃依旧一味容忍下去,最后也只能带着孩子一道寻死。可男人就算走投无路,仍会有别的女人陪他殉情,总还是有出路的,"保子说,"修一现在倒是变好了。但谁又能知道将来会怎么样呢?对这些事,菊子反应很强烈呀!"

"你是说孩子的事?"

信吾的话含有两层意思:菊子没有生小孩,而绢子打算将孩子生下来。第二件事保子还不知道。

绢子说那不是修一的孩子,生不生下来不会受信吾的干涉。信吾虽然不知道是不是修一的孩子,但总觉得那女人是故意说给他听的。

"我要能钻进他们的蚊帐里睡就好了,也许我会同菊子商量商量那桩非常可怕的事哩。说起来好怕人的……"

"商量什么可怕的事啊?"

平躺睡觉的保子翻转身子面对信吾,打算握住丈夫的手心,由于信吾没有伸手,她就稍稍抓住他枕头的一端,诡秘地小声说:

"菊子啊,可能又怀上孩子了。"

"哦?"

信吾不由一怔。

"我觉得有点太快了,房子却是这么说的。"

保子已经没有当年袒露自己怀孕时的那种羞赧了。

"这是房子说的?"

"有点太快了,"保子重复道,"虽说第二胎是会快一点。"

"菊子或修一跟房子说的?"

"不是,这只是房子的观察。"

信吾认为,保子所说的"观察"这个词虽然

有点可笑，但出自离婚回娘家的房子之口，那就是对弟媳妇多管闲事了。

"您要叮嘱她，这回可要当心了。"

信吾的心理负担更加沉重，听说菊子怀孕，绢子的孩子如何处理就越发迫在眉睫了。

两个女人同时怀上同一个男人的孩子，倒也不算什么奇怪的事。然而，这事一旦发生在自己儿子身上，紧跟而来的就是奇怪的恐怖，仿佛某种复仇或诅咒显露出地狱之相来。

从另一方面思考，这只不过是一个健康的女人极其自然的生理现象，但信吾眼下却不能做出这般豁达的考虑。

而且，这是菊子再次怀孕，菊子上回堕胎时，绢子已妊娠。绢子尚未生产，菊子又怀上孩子了。菊子不知道绢子怀孕，而绢子的肚子已会惹人注目，想必时常有胎动了吧。

"这回我们也知道。菊子不会任意妄为的。"

"是啊，"信吾有气无力地应和着，"你也去好好跟菊子谈谈吧。"

"菊子给咱生的孙子,您肯定也会喜欢的啊。"

信吾毫无睡意。

是否有什么暴力手段,可以不许绢子生孩子呢?他心绪不宁,越想脑中越浮现出凶恶的幻景来。

绢子也说了那不是修一的孩子,查一下绢子的品行或许能发现获得安慰的线索。

凌晨二时已过,院中的虫鸣不绝于耳。不像是铃虫或金琵琶,净是一些不清晰的虫音。信吾感觉仿佛躺在黑暗潮湿的泥地里。

这阵子多梦。临近天明又做了场长梦。

记不清走在哪里,醒来时,还能看到梦中两颗白色鸟蛋般的东西。那是一片沙漠,别无一物,两只白蛋并排在一起,一颗像鸵鸟蛋,硕大无朋;一颗小如蛇蛋,蛋壳稍破,一条可爱的小蛇伸出头来,动来动去。信吾甚是喜欢,看了又看。

不过,因为信吾一直在考虑菊子和绢子的事,所以才做了这样的梦。至于谁的胎儿是鸵鸟蛋,谁的胎儿是蛇蛋,他当然不知道。

"哎，蛇到底是胎生还是卵生呢？"信吾自言自语。

三

第二天，礼拜天，信吾睡到九点之后，两腿酸软。早晨他才觉得那鸵鸟蛋和蛇蛋中探头探脑的小蛇都很可怕。

信吾忧心忡忡，刷完牙走进餐厅。

菊子折叠报纸，用绳子捆好。是要卖掉吗？

为了婆婆看着方便，早报归早报，晚报归晚报，按照日期叠得整整齐齐。这是菊子平日做的事。

菊子站起来走去为公公沏茶。

"爸爸，报上有两则关于两千年前的莲花的报道，您看到了吗？我放在另外的地方了。"菊子一边说，一边将那两天的报纸放在小桌子上了。

"啊，我好像读过了。"

不过，他还是拿过来看了一遍。

弥生时代的古代遗迹里，发现了大约两千年前的莲子。经一位研究相关领域的博士培养发芽，开花了。从前报纸上也报道过。信吾把报纸拿到菊子房间里给她看过，当时菊子到医院刚做完人工流产手术，正躺在床上。

从那之后，关于莲子的报道又有过两次。一次是那位博士将莲根分开，种植在母校东京大学的三四郎池里。还有一次报道是美国的事，东北大学的某博士从中国东北的泥炭层发现了化石般的莲子，送到美国。在华盛顿国立公园里，研究者将莲子硬化的外壳除去，包在潮湿的脱脂棉里，放入玻璃箱内。去年，莲子长出了可爱的幼芽。今年移栽到水池里，莲子长出两个蓓蕾，结出淡红的花朵。据公园管理处公布，这是千年乃至五万年前的种子。

"之前读到时我就想，如果说是千年乃至五万年前的种子，如此计算误差也太大了。"信吾微笑了，又认真读了一遍。此种说法是日本的博士根据种子发现地——中国东北地层的情况想象出来的,因此判定为数万年前。在美国,研究者通过碳十四断代法检验了种子剥掉的外层,推测为千年之前的莲子。

这是报社特派员从华盛顿发来的电讯。

"这份行吗?"菊子拿起信吾放在一旁的报纸,她的意思是,刊载莲子报道的报纸是否也可以卖。

信吾点点头。

"千年也罢,五万年也罢,莲子的生命是很长的。比起人的寿命来,植物种子的生命可以说是永恒的,"信吾说罢,望望菊子,"如果我们也可以埋在地下一两千年,不死而只是休息的话……"

"埋在地下……"菊子自言自语。

"不是埋葬,不是死亡,而是休憩。人真的不能埋在地底下休息吗?睡上五万年再起床,自我的困难、社会的难题就会全部解决,世界或许也会变成乐园。"

房子在厨房里喂孩子吃东西。

"菊子,你在给爸爸做饭吧?能不能过来看看?"房子喊道。

"哎。"

菊子站起身,端来公公的早餐。

"大家都吃过了,爸爸您一个人吃吧。"

"是吗,修一呢?"

"到鱼池钓鱼去了。"

"妈妈呢?"

"在院子里。"

"啊,今天不想吃鸡蛋了。"信吾说着,随手把盛有生鸡蛋的小盘子递给菊子。一想到梦中的蛇蛋,他就感到很恶心。

房子端来一盘烤鲽鱼干,一声不响地放在矮桌上,又去孩子身边了。

信吾接过菊子手里盛满米饭的饭碗,虽然手碗相碰的声音很小,但他劈头就问:

"菊子啊,你要生孩子了?"

"没有啊。"菊子仓促地回答,对信吾出乎意料的提问有些惊讶。

"没有，那是不可能的事。"她摇摇头。

"确实没有，是吧？"

"是的。"

菊子对公公的提问感到莫名其妙，看了看他，立即涨红了脸颊。

"这回可要重视了。上次我也问过修一，下回能保证菊子可以生吗？他很简单地回应我说，可以保证。我说他，其实这是天不怕地不怕不负责的说法。他连自己能不能活到明天都难以保证，不是吗？孩子无疑是你们小两口的孩子，也是我们的孙子啊！菊子一定会生下一个好孩子的。"

"真是对不起呀。"菊子颇为惭愧地说。

菊子不像在隐瞒什么。

房子为何要说菊子怀孩子了呢？信吾很怀疑。房子的臆测似乎太过分了，她觉察到了，菊子本人尚不知晓，天下哪有这等事？

刚才这事，厨房里的房子有没有听到呢？信吾回头看看。房子似乎带着孩子外出了。

"修一怎么突然要去鱼池钓鱼呢？以前从未有过啊。"

"是的。可能是听朋友说的吧。"菊子说。

信吾依旧记挂着修一到底有没有和绢子分手，因为礼拜天修一也曾去过女人的家。

"等会儿要不要去鱼池看看？"信吾邀菊子一起去。

"好啊。"

信吾走下院子，保子仰头望着樱树梢头站立着。

"怎么了？"

"没什么，樱树叶子大都枯落了，不知是不是招虫子了。我以为树上还有蝉在叫呢，但其实已经没有叶子了。"

正说着，发黄的叶子簌簌散落。没有风，也不见翻动，黄叶垂直地飘落下来。

"你听说修一去鱼池钓鱼了吗？我想带菊子去看看。"

"是去鱼池吗？"保子转过头来问。

"我问过菊子了,她说根本没有那回事。看来是房子胡乱猜疑。"

"是吗?您问过她了?"保子随口问了问,"真叫人扫兴啊。"

"房子干吗胡思乱想这些呢?"

"谁又能知道呢?"

"我想知道答案啊。"

老两口回到屋子里,看见菊子身穿白色毛衣,套着袜子,坐在餐厅里等待着。

她稍稍涂红了面颊,看起来水灵灵的。

四

电车玻璃窗倏忽映出一片绯红,是曼珠沙华。这花开在铁道边的土堤上,电车通过时,花朵摇曳,如同近在眼前。信吾发现,户家的樱花林荫路土堤也满是一排排曼珠沙华,刚刚盛开,一派艳红。这些鲜红的花朵,令人想起秋天原野宁静的早晨。还看到了芒草新生的穗子。

信吾脱去右脚的鞋子,将右脚放在左腿膝盖上,揉搓脚心。

"不舒服吗?"修一问。

"腿脚无力,近来登上车站台阶时偶尔会两腿酸软。不知怎的,今年明显体力下降了。到了一定岁数,总觉得活不了多久了。"

"菊子她一直担心您,说爸爸实在太累了。"

"是吗?因为我跟她说,真想钻入地下睡上五万年呢。"

修一带着一副怪讶的神色看着信吾。

"那是莲子的故事。报纸上报道说,太古时代的莲子发芽开花了。"

"啊?"修一点上一支香烟,"菊子听到爸爸您问起生孩子的事,似乎有点难为情。"

"怎么样了?"

"还没有吧。"

"不谈这个了,我问你,绢子那个女人的孩子到底怎么回事?"

修一一愣，立时语塞，仿佛顶撞似的说：

"听说爸爸去了她家，还给了她一笔安慰费。没有这个必要啊！"

"你怎么知道的？"

"我是间接听说的。我已经同她分手了。"

"孩子是你的吗？"

"绢子自己一口咬定不是我的。她……"

"不论对方怎么说，你凭着自己的良心回答，到底是不是？"信吾声音颤抖起来。

"凭良心，我也闹不明白。"

"什么？"

"我不在乎一个人吃苦。可女人一旦铁了心，像疯子一样，我哪里对付得了呢？"

"人家比你还苦，菊子也一样。"

"不过，分手之后，我觉得绢子依然还是那个绢子，她一个人活得很自在。"

"这就算完了吗？你真的不想知道那是不是你的孩子，还是心里明白却不敢承认？"

修一没有回答，只顾一个劲儿眨巴眼睛。作

为男人,他有一双过于漂亮的双眼皮。

公司里信吾的办公桌上,放着一张画着黑框的明信片。是那位患肝癌的朋友已因身体衰竭而死,似乎过早了些。

有人送他毒药了吗?也许他托付的人不止信吾一个。他也可能通过别的办法自杀身亡了。

还有一封信,是谷崎英子寄来的。信里写道,她已经辞去那家裁缝店的工作,跳槽到另一家商店去了。绢子没多久后也辞职了,听说回沼津了。她跟英子说过,东京很难生存下去,打算在沼津开个私人小店铺。

虽然英子在信里没有提及,但信吾猜想,绢子可能躲到沼津生孩子去了。

难道真的像修一所说,绢子既不靠修一,也不靠信吾,就可以自由生活下去吗?

信吾望着映照在玻璃窗上的明丽阳光,心里一派茫然。

同绢子住在一起的那个姓池田的女子,孤身一人,不知怎么样了。他也很想见见池田或英子,问问绢子的情况。

午后,信吾去吊唁故友,其妻七年前已经辞世,他是这次才知道的。故友长年和长子夫妇住在一起,家中有五个孙子孙女。儿孙辈都不太像故友。

信吾怀疑朋友是自杀,这事自然是不好问的。灵前摆满鲜艳的菊花。

信吾回到公司,同夏子一起翻阅材料的时候,不料菊子打来电话。信吾不知发生了什么事,他甚感不安。

"菊子,你在哪里?在东京吗?"

"是的。我回娘家来啦,"菊子笑声朗朗,"母亲有事找我商量,回来一看,什么事也没有。她说有些寂寞,很想见见我。"

"是吗?"

信吾心里立即浸入一股暖流。或许因为菊子电话里的声音如妙龄少女一般娇媚无比,但又似乎不光因为这一点。

"爸爸,该下班了吧?"

"是的。娘家人他们都好吗?"

"都好。我想同您一起回家,所以先打个电话来。"

"是吗?菊子,你可以再待些时候嘛。我可以跟修一说说。"

"不,我该回家了。"

"那么说,你来趟公司吧。"

"可以吗?我本想到车站等着的。"

"到这儿来吧,我联络一下修一。咱们仨吃完晚饭再回家。"

"听说他到什么地方去了,不在座位上。"

"是吗?"

"现在就走,我已经做好出发的准备了。"

信吾的眼皮温乎乎的,窗外的大街立即清晰起来了。

一

秋
鱼

一

十月早晨,信吾正打着领带,突然停下手来:
"哎?这个……?"

他停下手来,脸上现出困惑的神色。

"怎么回事?"

打了一半又解开来,再重新打,却怎么也打不起来。

他拽住领带的两端,举到胸间,歪着头瞧着。

"爸爸您怎么了呀?"

菊子站在公公背后一侧,准备帮他穿上衣,这时转到前边来。

"打不起领带了,忘记怎么打了,真好笑。"

信吾用拙笨的办法将领带慢慢卷到手指上,想把另一头穿过去,结果缠成了一团。他似乎一直觉得很奇怪,但眼神里却显现出阴郁的恐怖和绝望。这使得菊子深感惊讶。

"爸爸!"她喊了一声。

"怎么打领带来着?"

信吾似乎连回想的力气也没有了,他呆然兀立。

菊子看不下去了,她把公公的上衣搭在一只腕子上,走近他胸前。

"怎么打呀?"

菊子手持领带,她的玉指在信吾的老花眼里依稀可见。

"偏偏忘记了怎么打。"

"爸爸每天不都是亲自打的吗?"

"是呀。"

四十年公司生涯,每天都要打领带,今早怎么突然不会了呢?即使不曾特别思考打结的步骤,手也会自己动起来，无意中也就打好了。

信吾突然觉察到自己意识的丧失与身体的衰老。他有点恐惧起来。

"我虽说每天都看到您在打，可是……"菊子一脸认真的表情，一遍又一遍地将公公的领带时而卷起来，时而拉直。

信吾任她摆弄。心里朦胧升起一丝如寂寞幼童撒娇般的心情。

四围飘荡着菊子的发香。菊子蓦地停住手，飞红了两颊。

"我不会呀。"

"修一呢？你没有帮他打过吗？"

"没有。"

"只是在他喝醉酒回来时，帮他解过领带吗？"

菊子稍稍离开些，她一边带着紧张的心情，一边凝神注视着信吾挂在脖子上的领带。

"妈妈或许知道的，"她舒了口气，高声呼喊，"妈妈，妈妈！"

"爸爸说忘记怎么打领带了……请过来一下好吗?"

"又怎么啦?"

保子带着一副木然的表情走来了。

"自己打不就好了?"

"爸爸说忘记如何打了。"

"一不小心就弄不明白了,好生奇怪啊。"

"那确实奇怪哩。"

菊子让到一侧,保子站到信吾面前。

"哎呀,我也不会呀。忘记怎么打啦。"保子边说边拿着领带,轻轻向上杵了一下丈夫的下巴。信吾闭起眼睛。

保子想尽办法为丈夫绾结领带。信吾被迫扬起面孔,或许后脑勺受到挤压,似乎一下子意识不明起来,两眼金星闪烁,仿佛晚霞照耀着巨大雪崩后的团团冰雾,似乎听见阵阵轰鸣。

难道自己脑出血了吗?信吾吓得猛然睁开眼来。

菊子屏住呼吸,注视着婆婆两手的动作。

从前,信吾在故乡的山上看见过雪崩,幻觉中竟出现了当年的情景。

"这样行吗?"

保子结好领带,又整了整形状。

信吾伸手一摸,碰到了妻子的手指。

"啊。"

信吾想起来了。大学毕业后第一次穿西装时,给他打领带的正是保子那位俊俏的姐姐。他仿佛有意躲避婆媳二人的目光,转脸看向西装衣橱的镜子:

"这样可以了。哎呀哎呀,老糊涂了,连领带都突然不会打啦!真叫人丧气!"

信吾盯着保子打好的地方,随之想到新婚时是否也请她给打过领带呢?可是怎么也想不起来了。

姐姐死后,保子去姐姐婆家帮助处理善后,是否也给她那位英俊的姐夫打过领带呢?

菊子趿拉着一双木制凉鞋,担心地送公公到大门口。

"今晚呢?"

"没有会议,会早些回来的。"

"请早些回家。"

电车抵达大船一带,透过车窗可以望见秋日晴空下的富士山。信吾用手摸摸领带,左右搞反了。左边留得很长,卷起来打着结子。保子站在自己对面,她弄错了方向。

"怎么搞的呀?"

信吾解开领带,顺利地重新系好了。

刚才他还彻底忘记了领带打法,说给谁听人家都不会相信。

二

近来,修一和父亲两人一道回家的日子也不少。

每隔半小时发一趟车的横须贺线,到了晚间变成一刻钟一趟,有时空席反而多了起来。

在东京站,信吾和修一父子并排而坐,前边座席上坐着一个年轻女子。

"拜托帮忙照看一下。"她向修一说着,将红色绒面手提包搁在座位上,站了起来。

"两个人的吗?"

"啊。"

年轻女子回答暧昧,涂着厚厚白粉的脸孔毫无羞愧之色,早已转身到月台上去了。一件颇为合体的浅蓝色大衣,将细削的双肩两厢耸起,向下自然流动的曲线,愈加柔美动人。

信吾对于修一一眼就能看出是两个人甚为佩服,觉得儿子很机灵。他怎么知道那女子在等待所约之人呢?

信吾听儿子这么说后,也觉得女子是去看那个同伴来了没有。

女子坐在信吾的前排靠车窗一侧,她为何先跟修一打招呼呢?或许是站起身时直接面向了修一,但可能修一确实对女人而言更加容易接近吧。

信吾望着儿子的侧脸。修一在阅读晚报。

不一会儿,年轻女子回到车厢内,抓住车门入口,再次回头环顾一下月台。相约之人似乎没有来。回到座席上来的身穿浅蓝色大衣的女子,从肩头到衣裾都翩翩然,胸前一颗硕大的纽扣。衣服的口袋开得既靠前又很低,女子一只手插进口袋,全身如风摆荷叶,衣衫剪裁有方,尤为合位。

与离开时不同,这回她坐到修一正前方。从她三次回头望向车厢入口来看,她是想尽量坐在更靠近通道并且易于观察入口的位置上。

信吾前边的座席上放着女子的手提包,椭圆形式样,呈圆筒状,有宽大的金属卡扣。

钻石的耳坠子像是仿制品,闪闪放光,女人紧绷着的脸孔上,长着一个显眼的大鼻子。樱桃小口,末端稍稍吊起的浓黑而短小的秀眉,美丽的双眼皮,两条眼线未到眼角就消隐了。下巴内收,别是一种美人。

美人的眼睛稍含倦怠与悒郁,猜不出芳龄几

何。

入口处传来一阵骚动,年轻女人和信吾一起朝那边张望。只见五六个汉子扛着巨大的枫树枝干走入车厢。看样子是旅行归来,他们都很兴奋。

看到那枫叶的艳红之色,信吾料想是寒冷地带之物。从男人们毫无顾忌的大声谈话中,他了解到那是越后山里的枫叶。

"信州的枫叶也正是泛红的时候吧?"信吾问修一。

然而,信吾想到的枫叶不是故乡山野的红叶,而是保子姐姐家佛坛上巨大的红叶盆栽。

不用说,那时候修一尚未出生。

电车里点染上季节的色彩,信吾出神地凝视着座席上的红叶。等他突然回过神来,发现那位年轻女子的父亲就坐在他的前方。

女子是等待父亲啊,信吾也安下心来。

父女两个都长着大鼻子,并排坐在一起时显得很滑稽。他们脖颈的发尾也完全一样。父亲架着一副黑框眼镜。

父女二人似乎互相漠不关心,既不说话,也不看对方一眼。父亲直到品川站前都在打盹,女儿也闭目养神。在别人眼里,两人连睫毛都长得酷似。

修一和信吾就长得不太相像。

信吾时时等待着,很希望那对父女可以说上一两句话,但他们互不理睬,形同陌路,信吾心里又有点羡慕。

或许家庭很和睦吧。

因此,年轻女子一人从横滨站下车时,信吾心中猛然一惊。看来,他们哪里是父女血亲,而是素不相识的陌生人。

信吾十分失望,满心悲凉。

邻座的男子眯着双眼,望着电车开出横滨车站,继续毫不在乎地打盹。

年轻女人一走,那个中年男人松散的神态立即凸显在信吾眼前。

三

信吾悄悄用胳膊肘杵了下修一。

"不是父女啊。"他低声说。

修一没有像父亲期待的那样,他毫无反应。

"看到了,还是没看到?"

修一"嗯"的一声点点头。

"好奇怪啊。"

修一似乎并不觉得奇怪。

"长相好像啊。"

"是的。"

虽说男人睡着了,电车也在轰鸣,但对眼前的人也不能大声议论。

这样盯着人家也不好。信吾低伏眉头,满心寂寥。他本觉得那男子很孤寂,不久,此种凄清之感反而潜入他自己心底。

电车行进在保土谷站和户冢站之间的远距离轨道上。长空秋暮。

男子似乎比信吾年轻,五十过半的样子。在

横滨下车的女子,年龄大致和菊子相仿,但完全比不上菊子那双美丽的眉眼。

然而,信吾在思忖,那女子为何不是这个男子的女儿呢?

信吾的疑惑越发深沉了。

社会上,有些人看起来酷似父母子女,但这样的人毕竟不多。对于那个女子来说,和她长相酷似的也许只有这一个男人。同样,对于这个男子来说,同他长相酷似的也许只有这一个女子。他们相互都是唯一酷似对方的男女。抑或,类似这两个人的情况,世上仅此一例。但他们各自毫不相干地活着,彼此没有任何联络,做梦都不会想到"对方"的存在。

这样的男女二人在电车上不期而遇,首次有了交集,不大会有第二次。漫长人生,只不过相遇半小时,没有一句交谈就又各奔东西。相邻而坐,互不相识,既不看对方一眼,更无感于彼此长相酷似。奇迹之人相逢,不知奇迹而去。

不可理解的打击落在第三者信吾头上。

然而,两人偶然坐在自己前面,自己也观察到奇迹,或许也参与了奇迹。信吾一直琢磨着。

究竟是什么创造出这对长相酷似父女的男女,让他们在一生中相遇了半小时,而且正巧使信吾看到了呢?

而且,这位年轻女子所等待的人没有来,随后她就和父亲一般的男人促膝同乘一趟电车。

这就是人生?信吾只能独自嘀咕。

列车停靠户冢站,打盹的男子慌忙站起身来,将行李架上的帽子碰掉了。帽子落在信吾的脚边,信吾给他拾起来。

"哎呀,谢谢!"

男子没有掸灰尘,戴在头上就走了。

"真是不可思议,那两人全然是素昧平生。"信吾放开嗓门说。

"相貌相似,穿戴不同啊。"

"穿戴?"

"女儿干净利落。刚才那男子老气横秋。"

"女儿穿戴光鲜,父亲一身褴褛,这种情况世界上有的是,不是吗?"

"不过,质地不同啊!"

"嗯,"信吾点头称是,"女子在横滨下车,这男子转眼成了孤身一人。此时,我也觉得他突然情绪低落下来……"

"是啊,一开始就是这样啊。"

"但是,看到他突然心情悲戚,我也觉得不可思议,心里同样感受到压抑。其实他比我年轻得多呀……"

"老人一旦身边跟随着年轻漂亮的女伴,必定显得精神抖擞起来。爸爸不妨也试试看。"修一似乎说走嘴了。

"那是因为像你这样的年轻人,总觉得别人都比自己强的缘故啊。"信吾也故意打起马虎眼来。

"我一点也不羡慕。美男艳女走在一起,总觉得心里不踏实。若是丑男伴美女,显得可怜又悲戚。还是将美女托付给老人比较稳妥。"

信吾觉得,刚才那对男女实在不可思议,这想法还没有消失。

"不过，两人也可能真的是父女。我忽然想到，可能是他在别处跟另外的女子生的。互相没有见过面，也不知姓名，父女彼此素不相识……"

修一转头看着别处。

信吾说罢，后悔了。考虑到修一可能已经想到老爸是有意讥刺自己，他干脆说：

"譬如你吧，二十年后，你或许就是如此。"

"爸爸想说的就是这个吗？我不是一个悲叹命运的人。敌人的枪弹打耳边嗖嗖穿过，一颗也没有击中我。在中国与南洋一带，也许会有我的私生子活着。偶然邂逅又偶然分别，彼此互不相知，这比起子弹嗖嗖飞过耳畔，又算得了什么？没有生命危险。更何况，绢子未必生的是女孩子。绢子她说过那不是我的孩子，我也认为不是我的就好了。"

"战时与和平时代毕竟不同。"

"如今，新的战争也许正向我们逼近。我们心中的上一次战争也许正像亡灵一样追逼着我们，"修一满怀憎恶地说，"爸爸看到那女孩子与众不同，暗暗有些着迷，转弯抹角，说来说去。一个女人只要同其他女人在某些方面不一样，就能吸引男人。"

"你觉得女方与众不同时，就叫她给你生孩子、养孩子，是这样的吗？"

"我并不希望这样，是女方有这个想法。"

信吾一时说不出话来。

"在横滨下车的那个女子，是个自由身。"

"什么叫自由身？"

"未结婚，有约必应。看起来高雅，实际上生活不正常、不安稳。"

信吾对儿子的观察有点惶恐不安。

"我对你也失望了，你是何时堕落成这个样子的啊？"

"菊子也是个自由身，她是真正的自由哪。既不是兵士，也不是囚犯。"修一挑战似的一吐为快。

"说自己的老婆是自由身，什么意思？你对菊子也这么说过吗？"

"请爸爸跟菊子说说看。"

信吾极力控制住情绪。

"你是叫我跟菊子说,你想同她离婚是吗?"

"我不是这个意思。"修一压低嗓音。

"横滨站下车的女子,我说了她是自由身……正因为那姑娘和菊子年龄相仿,所以您才将他们看成父女,不是吗?"

"唔?"

信吾突然被儿子将了一军,有点茫然失措。

"不是,我是说如果不是父女,长相那般酷似不是一个奇迹吗?"

"但也不像爸爸您说的那般令人感动。"

"不,我很感动,"信吾虽然这么回答,但他心中有菊子这事一旦被儿子挑明,那就只能默然吞声了。

扛着红枫的乘客们在大船站下车了。信吾目送着红枫的枝叶挪出站台后,说道:

"回一趟信州看看红叶吧,带她们婆媳一起。"

"好啊。不过,我对观赏红叶不感兴趣。"

"总想看看故乡的山峦。你妈梦见娘家的宅第荒废不堪了。"

"是荒废掉了。"

"能修缮时不加修缮,很快就荒废了。"

"骨架很结实,还没破烂不堪,不过要加固的话……但是,修缮后干什么用呢?"

"这个嘛,我们或许可以回去养老,弄不好再次疏散时,你们也可以回老家住住。"

"这次我留下看家,菊子还没有跟爸妈去过老家,还是让她走一趟为好。"

"最近菊子怎么样了?"

"我和那女人分手后,菊子似乎也有些倦怠了。"

信吾只是苦笑。

四

修一礼拜天下午好像又去了钓鱼池。

信吾将在廊下晒过的座垫并作一排,枕着胳

胳肘躺在上头，沐浴在和暖的秋阳之下。阿辉睡在台阶前放拖鞋的石头上。保子坐在餐厅里，将十天来的报纸堆在膝盖上翻阅，但凡有趣的报道，她总是招呼丈夫，念给他听。一次又一次，信吾爱搭不理地应上一声之后，便说：

"礼拜天，你就别再看报了。"说罢，他就懒洋洋地翻一下身子。

菊子正在客厅的壁龛前整理王瓜。

"菊子，这个，你是从后山上找来的吗？"

"是的，这个很好看呢。"

"山上还有吧？"

"有的，山上还剩下五六个呢。"

菊子手里的蔓子上还连着三颗小瓜。

后山上的王瓜着色了。信吾每天早晨去洗脸，都能从芒草上方看到。走进客厅后，眼睛里还保留一份爽目的殷红。

看着王瓜，菊子也进入眼帘。

自下巴到脖颈，洗练而优美的线条无可言状。一代传承不大可能形成这样的线条，经过几代血绕，方可生就如此之美。想到这里，信吾心里充满悲戚。

抑或发型衬托出脖颈的秀媚，菊子的面孔显得清瘦了些。她修长的颈线美艳无比，信吾早已十分清楚。今天这般在恰当距离内躺下，从眼睛的角度望过去，只觉她更加姣好动人。

抑或是秋日的光线也很好的缘故。

起自下巴的颈线，依然散发着菊子少女时代的馨香。然而，随着脖颈渐趋柔和圆润，线条所袒露的少女风情眼看就要消泯了。

"还有一条……"保子呼叫信吾，"这条很有趣啊！"

"是吗？"

"是关于美国的报道。纽约州布法罗这个地方，布法罗……一名男子遭遇车祸，左耳朵掉了，去医院急救。医生急忙出了医院，跑到现场，找到鲜血淋淋的耳朵，火速赶回，将耳朵缝合起来。此后，直到现在情况都很好。"

"指头切断后立即接上，也能长得很好。"

"是吗?"

保子读了一会儿别的报道,又想起了什么。

"夫妻不也是吗,离婚后不久又言归于好,有时感情会比先前更深。不过,要是分居太久……"

"你在说什么。"信吾似问非问。

"房子不就是这样吗?"

"相原那是生死不明,不知所踪。"信吾轻声应和。

"他的去向只要托人一调查不就弄清楚了吗?不过……如今不知怎么样了。"

"老太婆真是情思未断啊。离婚申请书都送达很久了,你就彻底断念吧。"

"知道断念可是我自打年轻时代起就有的长处,不过,一想到房子带着两个孩子住在这里,到底不是个办法。"

信吾沉默不语。

"房子貌丑,即使再婚,也肯定得抛下两个孩子而去。那可要累死菊子了。"

"要是这样,菊子他们必定要分居,孩子只能由你这个外婆抚养了。"

"我呀,不是顾惜力气,你以为我六十几了?"

"尽人事知天命吧。房子又去哪儿了?"

"去看大佛了。孩子们也有些莫名奇妙的爱好。里子那次去看大佛,回来的路上差点被汽车撞伤。可她还是喜欢大佛,经常想去看看呢。"

"她不是喜欢大佛这尊雕像吧?"

"她是喜欢大佛呀。"

"唔?"

"房子干吗不回老家呢?可以回去继承家业嘛。"

"老家的家业用不着谁继承。"信吾断然地说。

保子不再说话,继续读报。

"爸爸!"这次是菊子在呼喊。

"听妈妈提到耳朵的事,想起爸爸谈过的,不知能否把脑袋从躯干上卸下来寄给医院,洗涤和修理一番。"

"是啊,是啊。那时是因为看到附近的向日葵,现在越来越觉得有必要。连打领带的方法都忘了,或许不久把报纸倒过来看都不会发觉了。"

"我也经常想起您说的。我还想过,把脑袋存在医院后会是什么样子。"

信吾看看菊子。

"嗯,因为每天晚上都像是把脑袋寄存在睡眠医院里一样。也许是年龄的缘故,我经常做梦。心有痛苦事,梦中即现实,梦境就是现实的延续——记得我曾读过一首表达这种意思的和歌。虽然我的梦不能算是现实的延续。"

菊子对着自己插好的王瓜左看右看。信吾也瞧着那些花朵,唐突地说道:

"菊子,还是搬出去住吧。"

菊子猝然回头看看,站起来走到公公身旁坐下。

"我害怕搬出去。修一很可怕。"菊子为了不让婆婆听到,压低声音说。

"你打算同修一离婚吗?"

菊子一脸认真的表情:

"要是离婚了,请叫我继续照顾爸爸您,做什么都行。"

"这是菊子你的不幸。"

"不,我会很高兴,没什么不幸的。"

菊子仿佛第一次表现出如此热情,信吾不由一怔。他感到了危险。

"菊子对我这么好,是不是出于错觉,把我误认为修一了?这样反而会造成和修一之间的隔阂。"

"他有些地方我无法理解。有时会突然觉得他好可怕,使我难以应付。"菊子望着信吾,面色惨白地诉说着。

"是啊,他出征以后人就变了。他也不让我了解他的真正意图。他是故意地……不是指刚才说的那件事,不过,就像被撕掉的血淋淋的耳朵,即便胡乱地连接起来,也能自然长得很好。"

菊子一直认真地听着。

"修一有没有对你说过'菊子你是自由的'?"

"没有,"菊子怪讶地抬起眼睛,"什么自由……?"

"嗯,我也不懂。我反问过他,说自己的妻子是自由的,到底出于何意呢……?仔细一想,修一也许是这个意思:菊子在我这里变得更加自由,我也给了你更多自由。"

"这个'我'是指爸爸您自己吗?"

"是的。修一叫我对菊子说,你是自由的。"

此时,天上传来声音。信吾真的从天上听到了响声。抬头一看,五六只鸽子在庭院上空低低斜斜地飞翔。

菊子似乎也听到了,走到屋廊一头。

"我是自由的吗?"她目送着鸽子,眼含泪水。

睡在石头上的阿辉也追赶着鸽子的羽音,向庭院对面跑去。

五

这个礼拜天的晚饭,一家七口围在一起吃。

婚后回娘家久住的房子和两个孩子,如今自

然也是家族成员。

"鱼店只有三条香鱼卖,给里子一条。"菊子一边说着,一边将香鱼分给公公和丈夫,然后在里子面前放一条。

"小孩子不要吃香鱼,"房子伸出手说,"给外婆吃吧。"

"不。"里子捂住盘子不放。

保子亲切地说:

"好大的香鱼,可能是今年最后一次吃了。外婆不要,外婆吃外公那条,舅妈吃舅舅那条……"

这么一来,餐食自然地分成三组。看来,也应该有三个家。

里子最先吃起刚烤好的盐渍香鱼。

"香吗?瞧你那副吃相,真不像样啊!"房子哭丧着脸,用筷子夹上一些鱼子送到小女儿国子嘴里,里子倒没有不愿意。

"鱼子……"保子嘀咕着,用自己的筷子从信吾盘子里扒拉下来一些鱼子。

"过去在乡下,我在你们大姨妈的鼓动下,作过一些俳句，其中包括秋天的香鱼、顺流而下的香鱼和红褐色香鱼之类的季题[1]。"信吾说到这里，突然看看老妻的脸，继续说下去，

"产卵下蛋，疲惫了，姿色也消失得无影无踪了，写的就是那摇摇晃晃游向海里的香鱼。"

"就是我，"房子立即接过话头，"不过我没有香鱼般的容姿，一开始就没有。"

信吾装作没听见："从前就有这样的俳句——'秋天的香鱼，如今寄身于海水。''明知身必死，一道道浅滩，香鱼偏要入海去。'瞧，这多么像我。"

"这就是我。"保子说。

"产卵后游到海里，就要死了吗？"

"肯定是要死的。也有躲在河潭里过年的，叫做留栖香鱼。"

"我也许就是留栖香鱼。"

"看来我不会留栖的。"房子说。

---

[1] 亦称季语，指俳句中必须含有的体现季节特征的词语。香鱼是夏的季语。

"不过,房子回来后,也胖起来了,气色也好多了。"保子望着女儿说。

"我可不喜欢胖。"

"回到娘家,就像躲藏在河潭里啊。"修一说。

"我不会长久住下去的。我感到厌恶,我愿意下海,"房子提高嗓门,"里子,别再啃了,净剩鱼刺了。"

保子一脸奇怪的表情说:

"爸爸关于香鱼的谈论,弄得好不容易吃到一次的香鱼也不香了。"

房子低着头,嘴巴迅速动了一下,郑重地说道:

"爸爸,我想开一家小商铺,可以吗?比如化妆品店,还有文具店……哪怕位于近郊也没关系。我也想搞个小摊子或小酒馆呢。"

修一似乎一愣:

"姐姐做得来酒水生意吗?"

"怎么不能?顾客也不是要喝女人的脸蛋子,

是想喝酒来着。以为有个漂亮的老婆,就可以胡扯乱说吗?"

"我不是这意思。"

"姐姐完全能做好,女人家个个都会接待客人,"菊子不假思索地说,"姐姐要是开店,也让我帮帮您吧。"

"哦,那可真是了不起啊!"

修一一脸惊讶,晚饭的饭桌立即静寂下来了。菊子独自脸红到耳根。

"怎么样?下个星期天,我们一起去乡下看红叶吧?"信吾说。

"看红叶吗,很想去啊。"

保子眼睛发亮了。

"菊子也去吧,你还没有看到过我们的故乡呢。"

"好啊。"

房子和修一依旧怒气冲冲。

"谁留下看家?"房子问。

"我留下。"修一回答。

"我留下!"房子硬是顶他一句。

"不过去信州之前,请爸爸务必回答我刚才的请求。"

"那就得出个结论吧?"信吾一边说着,一边想起怀着孩子回到沼津开办小型裁缝铺的绢子。

吃完饭,修一第一个离开了。

信吾揉搓着僵直的脖颈站起来,无心地望了一眼客厅,打开了电灯。

"菊子,王瓜耷拉下来了,太重了吧?"信吾喊道。

对方似乎没听见,洗涤盘碗的响声传来。

译后记

《山音》的创作起始于1949年,同《千羽鹤》相伴发表。这一年,作者关闭了1945年成立的镰仓文库。

川端康成的《山音》是以家庭生活为题材的小说,日本评论家山本健吉推之为"战后日本文学的最高峰"。这部作品在对同一家庭人物感情的发掘与描写上,笔触细致入微,时时动人心弦,的确是现代日本文学中一部优秀的"家庭小说"。

全书由十六章组成,每一章有一个小标题,自成一个小中心、小故事。主人公尾行信吾一家的男女老少,经过战争的洗礼,各自的生活道路与精神境界都大有改变,夫妇、亲子、翁媳、婆媳、姐弟之间,似乎都笼罩着一团暗影。事实上,作者当年也是断断续续将《山音》发表在各家杂志上的，这种结构形式也被应用于《雪国》（没有章节题名）、《千羽鹤》《舞姬》等的写作之中了。一个个细微周至的小场景，逐一缝合连缀起来，浑然一体，成为一部完整的作品。这些全靠作者对故事发展的编织综合能力与对构词组句的统摄能力。

开篇第一章《山音》点题，也为全书定下基调。信吾深夜听见后山发出一种莫名其妙的轰鸣，殷殷不绝于耳。这种自然之声，使他联想到死亡的恐怖、战后社会的难以预测。

作者曾经做过如下的表白：

> 战败后时代的我，只好回归日本自古以来的悲哀之中。我对战后的世相、风俗一概不予置信。我不相信现实中的一切东西。
>
> （《哀愁》1947年10月）

作者写作这部小说时，刚刚步入人生的老年

阶段，以老人心态厕身于家人与社会，想是别有一番滋味在心头。主人公面对家庭与社会的两种矛盾，始终背负着一种无形的压力，身心交瘁。他的那种对社会和家庭失去希望的黯然情绪，于我心有戚戚焉。全家人中只有儿媳菊子理解他，照顾他，甚至爱他。但小说又不好直接挑明这层关系，欲擒故纵，欲言又止，直到最后都扑朔迷离，不了了之。这是川端文学的惯用手法，也是日本人审美意识的一个特点。

《山音》所描写的"日本自古以来的悲哀"，正是日本中产家庭一种无可名状的黑暗的生存环境。本是自古以来代代传承下来的哀愁，如今渗入每个家庭成员的肌肤之中。作者一方面深入这些人物感情的角角落落，加以细致描摹；一方面又让遭受丈夫离弃的房子母女闯入这老少两对夫妇的家庭。此外，还有儿子情妇等人的搅合，使得一家人日常还算平静的生活，呈现出意想不到的复杂状态。这里，不单是一对一的夫妇关系，而是夫妻、父子、母子、婆媳、翁媳、母女、父女、情人、同事等种种关系。这些错综复杂的人物关系相互交合编织，分别给予每个人不同程度的隐微的心理影响。在诸多关系中，信吾和菊子的翁媳关系，在作者笔下获得扩展，占据了不少场景，成为小说中的一大亮点。

总之，《山音》是战后日本老龄社会家庭小说的代表，是川端文学天空的一颗璀璨的明星。

陈德文
2021年秋草于春日井
2022年秋改订

你从数万人苦难的海洋中

勇敢地游过来啦。

一页 folio

始于一页，抵达世界

Humanities · History · Literature · Arts

出品人　范　新
品牌总监　恰　恰
特约编辑　王子豪　徐　露　徐子淇
营销总监　张　延
营销编辑　狄洋意　闵　婕　许芸茹
新媒体　　赵雪雨
版权总监　吴搴若
印制总监　刘玲玲

Folio (Beijing) Culture & Media Co., Ltd.
Bldg. 16-C, Jingyuan Art Center,
Chaoyang, Beijing, China 100124

一页 folio
微信公众号

官方微博：@ 一页 folio ｜官方豆瓣：一页 ｜媒体吆络：zy@foliobook.com.cn